Feria

Ana Iris Simón

Feria

Traduit de l'espagnol
par Anne Plantagenet

GLOBE

116, rue du Bac, Paris 7e

Titre de l'édition originale :
Feria
(Círculo de Tiza, Madrid)

Dépôt légal : octobre 2023

ISBN : 978-2-38361-225-4

FERIA ARRIVE EN FRANCE

Publié au mois d'octobre 2020, date de l'édition originale, *Feria*, de l'écrivaine Ana Iris Simón, a séduit le public espagnol grâce au classique bouche à oreille. Certains lecteurs communiquaient leur enthousiasme à d'autres, avec ces élans de sincérité absolue qui surgissent au cœur de la vraie littérature. Ainsi, en quelques mois, le roman a connu de nombreuses réimpressions, devenant un énorme succès de librairie.

Partout, on s'est mis à parler d'Ana Iris Simón, bien au-delà des cercles littéraires, car *Feria* contenait une vision politique de la classe moyenne espagnole des années 1990, une vision originale, nouvelle, qui a suscité en Espagne un débat sociologique fort intéressant. Un débat né d'une question très simple : les jeunes Européens d'aujourd'hui, ceux qui ont une trentaine d'années, vivent-ils mieux ou moins bien que leurs parents à la fin des années 1980 / au début des années 1990 ?

Ana Iris Simón incluait dans l'équation de nouveaux éléments de comparaison, par exemple s'il vaut mieux être mère qu'avoir un master à l'université dans je ne sais quelle matière qui, de toute façon, ne garantira aucun avenir professionnel raisonnable ; s'il vaut mieux vivre en colocation dans un appartement hors de prix au centre de Madrid ou posséder sa maison dans un village loin de toute ambiance internationale. Mais ces interrogations dépassaient la sociologie pour pénétrer dans le tissu existentiel de la jeunesse actuelle. D'une certaine façon, Ana Iris confrontait l'idée de l'existence à l'idée de modernité. C'est un débat ouvert, enrichi par l'écrivaine dans ce livre qui incite grandement à repenser nos vies. *Feria*, en ce sens, est un roman qui rappelle au lecteur que le bruit du monde, avec sa technologie infinie, sa sophistication, ses grandes agglomérations, ses spectacles géants, sa lumineuse économie globalisée, n'offre aucune solution à la sphère intime, ne permet pas de résoudre les énigmes biologiques de l'existence.

Feria pose beaucoup de questions, toutes d'une immense honnêteté. Ana Iris Simón s'interroge sur notre vie au cours des années 2020. Et pour y répondre, l'autrice raconte comment ont vécu ses parents, ses oncles et tantes, ses grands-parents, comparant son existence de trentenaire à la leur. Ce livre est un vibrant hommage à la famille au sens le plus noble du terme, car pour Ana Iris la famille est le lieu de l'amour inconditionnel, de la tendresse, de l'attention et de la loyauté.

Il y a des personnages inoubliables, qui nous bouleversent et nous séduisent, comme Ana Mari, mère de la narratrice, d'Ana Iris elle-même, ou María Solo, la grand-mère, nommée de cette façon si particulière pour la distinguer de l'autre grand-mère, Mari Cruz. Ou encore le père d'Ana Iris et sa générosité. La bonté naturelle des personnages domine le livre. À ce stade, le lecteur se sera rendu compte que *Feria* est un roman autobiographique, et que l'autrice Ana Iris Simón est aussi l'héroïne de ces pages. Ce n'est pas un hasard si le livre comprend d'authentiques photographies des personnages. Mais *Feria* n'est pas, pour moi, un récit d'autofiction. C'est avant tout un roman d'apprentissage. La protagoniste puise dans l'exemple des siens, sa famille, pour avancer. Nulle impudeur dans le récit de leur vie réelle car ce texte puise son inspiration dans l'amour et la gratitude. Au contraire : on y contemple quasiment l'idéalisation de la famille, saisie dans des moments de vitalité, de joie, mais aussi de peine, avec une écriture libre, spontanée, exubérante, d'une émouvante sincérité.

Le monde des grands-parents d'Ana Iris Simón est également merveilleux et, dans une certaine mesure, rappelle un peu, dans une version *manchega*, ce réalisme magique qui bouillonnait dans *Cent ans de solitude*, de

Gabriel García Márquez. L'écrivaine évoque en effet ses ancêtres avec une imagination aussi prodigieuse que décomplexée. Le métier de forains de ses grands-parents donne son titre au roman. Les forains en Espagne furent et sont encore, et j'espère que ce métier perdurera, tout un mode de vie. Toujours de village en village, la maison sur le dos, de fête en fête. Car les forains apparaissaient dans les villages pour les fêtes patronales, ou pour tout autre événement important, et installaient leurs stands où on vendait de tout. Ils furent et sont la couleur d'une Espagne populaire, d'une Espagne atavique et essentielle, profonde et désertée, mais belle en même temps dans sa solitude. Une trop grande solitude. Qui pousse Ana Iris à revendiquer un territoire aussi littéraire que La Mancha, puisque le roman se développe là, sur la terre de Cervantès, qui connut les aventures de Don Quichotte. On trouve dans ces pages un puissant hommage aux villages *manchegos*, à la dignité de la campagne espagnole, des lieux comme Ontígola, Alcázar de San Juan ou Campo de Criptana et, bien entendu, le roman se termine par un éloge de Don Quichotte de La Mancha, chevalier errant de tous les fantasmes et utopies espagnols possibles et imaginables.

Feria est un miracle littéraire, une déclaration d'amour à la famille et à la terre, un amour exprimé à travers le quotidien, les anecdotes, un monde rural et la vie modeste d'une famille de la classe moyenne, classe moyenne inférieure pour être précis, transformée, grâce au regard de la narratrice, en une poésie sauvage de la vie, de l'histoire, de la revendication politique et du temps.

Manuel Vilas
Madrid, mai 2023

À Mari Cruz, à María Solo et à tout ce qu'elles ont engendré

Tant qu'il restera une olive sur l'olivier.
Et une voile latine dans la mer.
El Último de la Fila, « Mar Antiguo »

Et il y a un enfant que perdent / tous les poètes /
Et une boîte à musique / sur la brise.
Federico García Lorca, « Ferias »

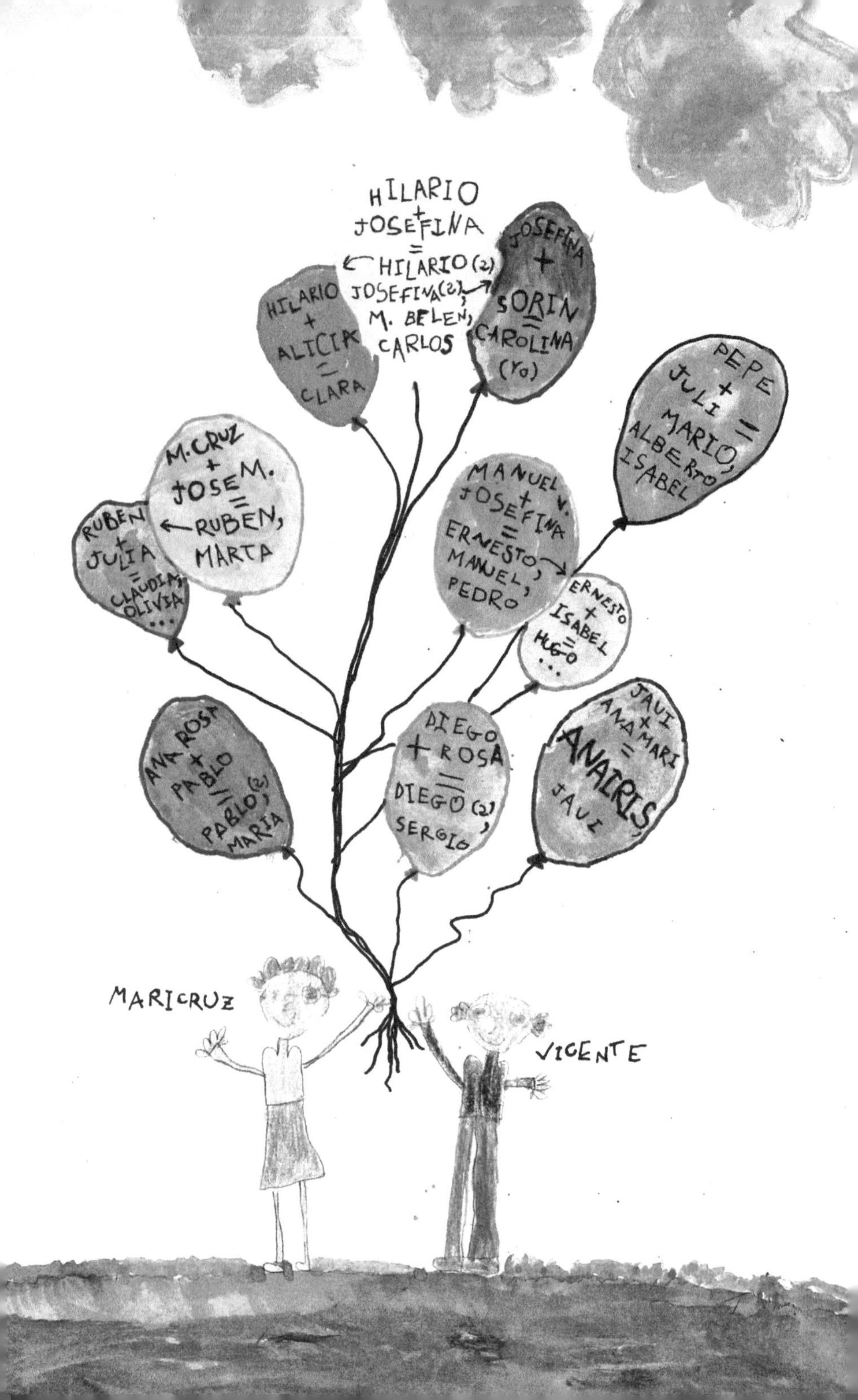
HILARIO + JOSEFINA = HILARIO (2) JOSEFINA (2), M. BELEN, CARLOS
HILARIO + ALICIA = CLARA
JOSEFINA + SORIN = CAROLINA (YO)
PEPE + JULI = MARIO, ALBERTO, ISABEL
M. CRUZ + JOSE M. = RUBEN, MARTA
RUBEN + JULIA = CLAUDIA, OLIVIA ...
MANUEL V. + JOSEFINA = ERNESTO, MANUEL, PEDRO
ERNESTO + ISABEL = HUGO ...
ANA ROSA + PABLO = PABLO (2), MARIA
DIEGO + ROSA = DIEGO (2), SERGIO
JAVI + ANA MARI = ANAIRIS, JAVI
MARICRUZ
VICENTE

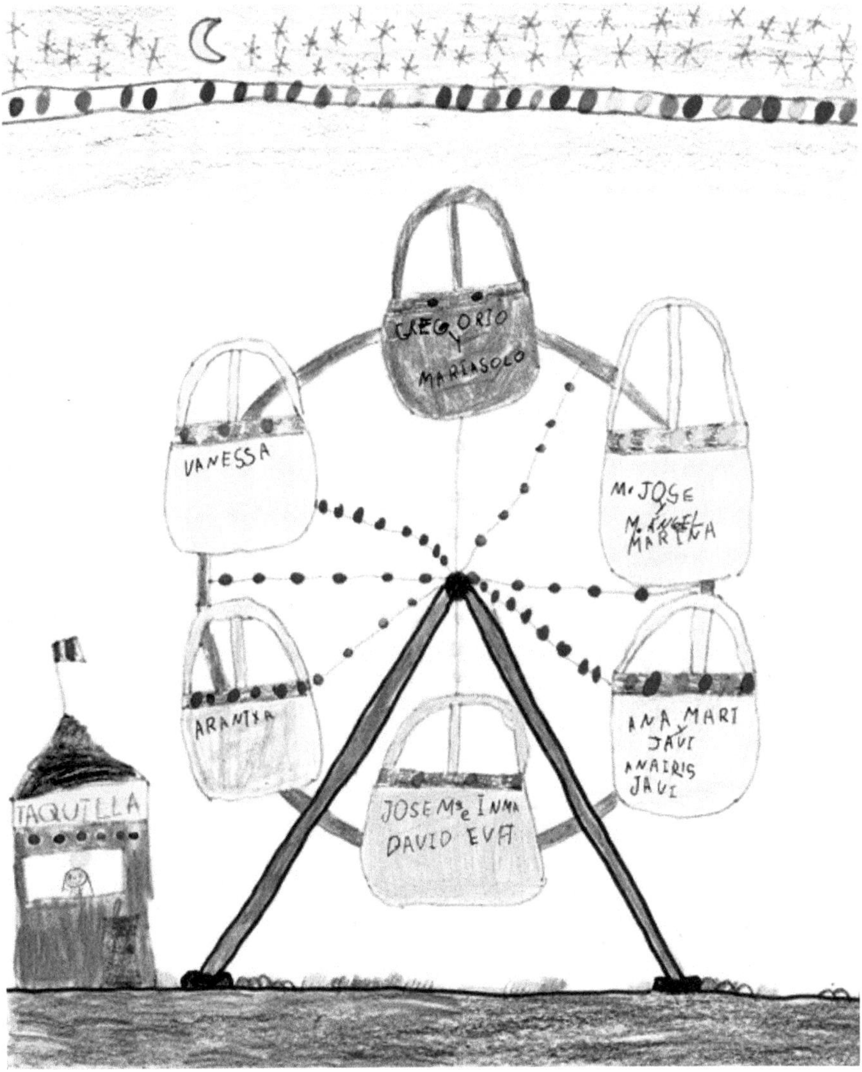
VANESSA
ARANTXA
TAQUILLA
ANA MARI
JAVI
ANAIRIS
JAVI

LA FIN DE L'EXCEPTIONNALITÉ

J'ENVIE L'EXISTENCE QU'AVAIENT MES PARENTS À MON ÂGE

J'envie l'existence qu'avaient mes parents à mon âge.

Chaque fois que je dis ça, les gens ont une réaction de surprise et me sortent une formule du genre à mon âge mes parents avaient deux fois moins voyagé que moi, ils ne les envient pas du tout, il y a tant de choses à faire « avant de se caser ». Et aussi nous sommes plus libres aujourd'hui, nos parents n'ont pas eu la chance de faire un double cursus à la fac et un master en anglais, ni de se taper une année à manger des Doritos et à copuler dans tous les sens à Bruxelles grâce à ce bidule qu'on appelle Erasmus, qui n'est rien qu'une stratégie d'union dynastique du XXIe siècle, une bourse pour que les classes moyennes européennes se mélangent et chopent joyeusement des MST européennes parce que c'est ça l'Europe, c'est ça l'européanité et c'est pourquoi nous sommes toujours les petits-enfants d'Homère et de Platon.

À mon âge, mes parents avaient une fille de sept ans et un pavillon mitoyen à Ontígola, province de Tolède. Ana Mari avait arrêté de fumer et, avec l'argent économisé, s'était acheté un Thermomix, ce dont je suis jalouse. Quand je dis ça, mes interlocuteurs pensent souvent que je suis débile et moi, en retour, je songe « tu as trente-deux ans, tu gagnes mille euros par mois, tu vis en coloc et les nombreuses choses que tu as à faire « avant de te caser » c'est épargner pendant un an pour aller dix jours en vacances en Thaïlande, même si de ta vie tu ne t'es jamais intéressée à ce qui se passe ou ce qu'il y a en Thaïlande, avaler des cachetons et tenter de pécho tes collègues de boulot à des festivals dont tu ne connais même pas la moitié de la programmation malgré ce que tu prétends, et croire que les séries que tu choisis de regarder et les livres de Sharon Blackie que tu lis font partie de ton identité en tant qu'individu ». Mais je ne le dis pas, bien sûr, je le garde pour moi.

Ce que je dis, en revanche, c'est que nos parents avaient l'air plus âgés qu'ils l'étaient sur les photos, et plus âgés que nous au même âge. Aujourd'hui, beaucoup de trentenaires sont persuadés qu'il est permis de porter une casquette en intérieur, voire qu'il est permis de porter une casquette à trente ans, si je deviens rigoriste. J'affirme aussi que si nos parents se sont mariés, ont eu des enfants et contracté des emprunts, c'est sûrement à cause de ce qu'on appelle communément l'« impératif social », parce que « c'était ce qu'il fallait faire ». Mais penser que nous n'avons pas au-dessus de nos têtes d'autres impératifs est la meilleure preuve qu'ils existent et que nous avons cru au libre arbitre, au progrès et à la démocratie libérale comme unique Arcadie possible. Tu parles d'une Arcadie !

Les dix dernières années nous le montrent et on refuse de le voir. Nous sommes la première génération qui vit moins bien que ses parents. On a subi la crise de 2008 alors qu'on entrait à la fac, au collège ou au lycée, ou quand on en sortait, et le coronavirus au moment où on commençait à envisager de louer éventuellement, d'ici quelques années, un appartement tout seul.

Nos impératifs existent, ils sont matériels, et souvent je parle avec mon amie Cynthia du fait que pour elle, pour notre amie Tamara, pour moi, la question de l'ascenseur social était simple, il était facile d'avoir une vie meilleure que nos parents facteurs, serveurs, femmes de ménage, balayeurs, et que nos grands-parents ouvriers d'usine, paysans ou forains, mais ce n'est pas le cas pour le reste de nos amis, ceux de la classe moyenne, enfants de profs, médecins, avocats, chefs d'entreprise. Et pourtant, alors qu'ils n'avaient aucun diplôme, nos parents avaient à notre âge des enfants, des emprunts et ils accédaient à la propriété. Parce que c'était ce qu'il fallait faire, sans doute. Mais aussi parce qu'ils pouvaient le faire.

Nous, à l'inverse, n'avons ni enfants ni maison ni voiture. Tout ce que nous possédons, c'est un iPhone et une étagère IKEA à trente euros parce qu'on ne peut pas avoir plus. Tel est notre impératif et il est matériel. Mais nous nous sommes autopersuadés que la liberté c'était de renoncer aux enfants, à la maison, à la voiture, parce que « qui sait où je serai demain ». On nous a fait croire que savoir où on sera demain est une contrainte dont nous nous sommes heureusement débarrassés, que l'émigration et l'immigration sont le moyen d'apprendre de nouvelles cultures et de transformer le monde en un melting-pot de langues et de couleurs, ce qui est n'importe quoi, et que vivre en colocation est une expérience au lieu d'être, passé un certain âge, un détail gênant qu'on a honte d'avouer.

Un soir, on était à l'appartement qu'on partageait dans le centre de Madrid, et Jaime, qui est mon ami depuis l'âge de treize ans et a vécu quelques mois avec moi avant de rencontrer Patricia et d'emménager avec elle, a réfuté mes arguments. Non, m'a-t-il dit, notre impératif n'est pas matériel, ou pas totalement. Il a ajouté, en allumant la Play pour jouer à *Fortnite*, qu'en effet à notre âge ses parents l'avaient déjà, lui et son frère Guillermo, mais ils avaient moins d'argent que nous et avaient pris le risque. Ce que disait Jaime était vrai. C'est une des personnes avec qui j'aime le plus échanger car il le fait à partir de son expérience. Il n'a nul besoin de se référer à des livres ou à de grandes théories et, la plupart du temps, il a mille fois plus raison que ceux qui piochent dedans : il parle seulement de ce qu'il voit et de ce qu'il vit.

Ce soir-là, le soir où il m'a dit que non, notre impératif n'était pas seulement matériel, si nous n'avions pas d'enfants c'était parce que nous n'en voulions pas, il avait raison. Jaime gagne plus que ce que gagnaient ses parents à son âge. J'ai plus d'argent que mes parents en avaient à mon âge et plus qu'ils en ont aujourd'hui. Cependant j'étais là, à vingt-huit ans, portant un T-shirt Camel que j'ai piqué à mon père et un pantalon de pyjama qui est en réalité mon bas de survêtement de l'année du bac, sans maison, sans enfants, buvant de l'eau dans une gourde plutôt que dans un verre, dans un appartement en colocation du centre de Madrid. J'étais là, à critiquer cette vile infantilisation que je ne pouvais pas mieux incarner.

Quelques jours plus tard, j'ai demandé par WhatsApp à mon père s'il estimait que je vivais moins bien qu'eux au même âge et il a répondu arrête de dire des conneries. Après avoir lu son message, je l'ai appelé et on a parlé de l'insécurité professionnelle, de la croyance dans le progrès, du capitalisme tardif et du fait que finalement il y a peu de choses vraiment importantes, jusqu'au moment où il m'a dit que son oreille était en train de griller et on a raccroché.

Chaque fois, et c'est fréquent, qu'on rouvre ce débat (vivait-on mieux avant ou aujourd'hui), il s'énerve et me raconte qu'à dix ans il faisait déjà les vendanges, et c'est pareil quand il déclare comment pourrait-on redonner un sens au drapeau national puisqu'à l'école don Leonidio l'obligeait à chanter *Cara al Sol** au nom de ce bout de chiffon, en lui répétant que son grand-père avait choisi de partir avec les mauvais Espagnols : à ça, personne ne peut lui opposer d'arguments. Mais il ne peut pas non plus me contredire quand j'affirme que sa génération a tout de même entrevu à l'horizon que les enfants ne seraient plus contraints de travailler à dix ans, alors que la mienne peut juste refuser de signer à vie un contrat à durée indéterminée. C'est pour ça qu'on n'a pas d'enfants et, par conséquent, qu'on ne peut même pas les obliger à faire les vendanges.

Pourtant il y en a qui ont des enfants, qui continuent d'avoir des enfants (je le sais parce que, même si je ne le vois pas dans mon quartier ou dans mon entourage, je le vois sur Facebook). Récemment j'ai appris qu'Armando, un ancien camarade d'école, allait avoir son premier bébé. Il l'a annoncé avec la photo d'un casque minuscule de Valentino Rossi, petit déjà il aimait beaucoup les motos, et ça m'a rendue très heureuse parce qu'il sera un bon père. Je ne connais pas sa copine, à part ce que je sais de sa vie quand je vais sur mon compte tous les deux ou trois mois, mais j'imagine qu'ils sont ensemble depuis de nombreuses années.

* *Cara al Sol* (« Visage au soleil ») : hymne de la Phalange espagnole, des nationalistes pendant la guerre et symbole du franquisme. (*Toutes les notes sont de la traductrice.*)

Quand on était à Vicente Aleixandre*, Armando portait des lunettes cul-de-bouteille et passait son temps libre à dessiner des dinosaures en classe. Il les dessinait très bien. C'était le meilleur élève du CE1 avec Pablo Sierra, qui a fini par faire des études d'histoire parce qu'il aimait beaucoup l'histoire. En revanche, je crois qu'Armando a suivi une formation professionnelle et qu'il a toujours vécu à Aranjuez, on le dirait en tout cas d'après sa page Facebook. Lui, sans doute, n'envie pas l'existence qu'avaient ses parents à son âge : il a sûrement la même.

C'est moi qui ai un problème, ai-je pensé ce soir-là avec Jaime jouant à la Play, dans mon T-shirt Camel et mon pantalon de pyjama qui est en réalité mon bas de survêtement de l'année du bac. Mon problème si j'ai un passeport avec un certain nombre de visas et des abonnements à Netflix, Filmin** et HBO ; mon problème si j'ai choisi l'université plus que tout au monde, le centre de Madrid, les expositions de La Casa Encendida*** et les soirées sur la place Dos de Mayo avec tout ce que cela exclut. Et tout ce que cela exclut, c'est ce que je suis réellement : un pavillon mitoyen à Ontígola où de vieilles femmes vivent encore dans des grottes, pouvoir communier à la barbe du curé, don Gumersindo, sans être baptisée, grimper sur la remorque du tracteur

* École primaire publique à Aranjuez.

** Plateforme espagnole de VOD.

*** Centre social et culturel du centre de Madrid.

le dimanche dans la cour quand aucun adulte ne nous surveillait, ou encore grand-mère María Solo qui me menaçait : si je ne mettais pas mon scapulaire en cachette de mon père, on me jetterait le mauvais œil.

Le diagramme de Nolan, qui est tellement à la mode sur Twitter et vous dit votre idéologie selon deux axes, les libertés économiques et les libertés individuelles, possède aussi deux autres versants, théorique et anthropologique, mais on ne s'en rend pas compte, apparemment, et c'est une des réussites du libéralisme : ses logiques nous ont infiltrés jusqu'aux os sans qu'on y prête garde. Son plus grand succès, en plus de s'être fait passer pour la neutralité, pour l'absence d'idéologie, pour ce qui est normal et aseptisé, a été de nous faire oublier que parallèlement à son modèle économique se propagent aussi quelques valeurs. Et il ne paraît pas incohérent d'affirmer qu'on rejette le premier tout en célébrant, en vivant en accord avec les secondes. De fait, nous sommes nombreux à en être là.

Le jour où j'ai vu le post d'Armando sur Facebook, et le soir où Jaime m'a dit qu'on n'avait pas d'enfants parce qu'on n'en voulait pas, j'ai pensé que si ce que j'aimais le plus c'était écrire sur la famille et la tradition, peut-être que ce que j'aimais en réalité ce n'était pas écrire, mais la famille et la tradition. Et aussi que j'étais dans l'erreur depuis plusieurs années, je ne pouvais pas rejeter la faute sur les autres, pas toute la faute. Je ne pouvais pas déclarer qu'on m'avait trompée sur la marchandise : pour cela, il faut avoir envie de l'acheter.

Pendant mon adolescence, j'ai beaucoup écrit sur Madrid comme le font tous les gosses qui viennent de province, comme si Madrid était une sorte de Macondo où il ne pleut pas de grenouilles mais où on est si bien sur la place de las Comendadoras au coucher de soleil. Au cours de ces années d'adolescence et de ma vie de jeune adulte, je me suis imaginée à trente ans et quelques, avec déjà quelques cheveux blancs et deux enfants dans un appartement du centre-ville avec une terrasse, de faux philodendrons, des dragonniers et plein de livres Taschen dans le salon. J'ai méprisé ceux qui restaient à Aranjuez, de vrais ploucs, de demeurer dans un lieu aussi petit et où il n'y avait presque rien. Mais la plouc qui n'avait presque rien, c'était moi, et c'étaient mon âme et mon horizon qui étaient petits.

Moi qui avais choisi de vivre dans un parc d'attractions, qui avais cru que travailler à mon compte depuis l'âge de vingt ans et quelques, même pour mille euros et avec beaucoup d'incertitudes, était une réussite ; moi qui avais toujours pensé qu'avoir des enfants jeune était un truc de pauvres, parce que mes parents l'étaient, et que ne pas se poser la question avant au moins trente ans signifiait une évolution certaine (alors que c'est précisément le contraire) ; moi qui avais des choses à faire, pas beaucoup, « avant de me caser », et qui maintenant, quand on me dit ça, réponds qu'il ne me reste plus rien à faire ; d'ailleurs ces choses n'ont jamais existé, c'était du vide, de la poussière, du néant, Dieu n'est pas seulement mort mais il a été assassiné, c'est l'oisiveté qui est l'opium du peuple. J'envie l'existence qu'avaient mes parents à mon âge, j'envie Ana Mari qui avait un emploi stable, celui qu'elle a encore aujourd'hui, plus de vingt ans plus tard, alors qu'elle a toujours accordé deux fois moins d'importance au travail que moi, ou d'une autre manière.

Au même âge que moi, Ana Mari avait une fille de sept ans (moi), un Thermomix qu'elle s'était acheté avec ce qu'elle avait économisé en arrêtant de fumer, et un emprunt. Elle avait sûrement une idée très claire, une confiance presque aveugle en ce qu'elle qualifie elle-même aujourd'hui d'illusion, et c'est la clé de tout. Cependant j'envie l'existence de mes parents à mon âge parce que parfois, sans appartement et sans enfants au nom de je ne sais pas bien quoi, mais aussi parce que je ne vois qu'incertitudes à l'horizon, je donnerais mon royaume minuscule, mon étagère IKEA et mon portable pour une définition concise, concrète et réaliste de ce qu'on appelait, de ce qu'on appelle, le progrès.

TU ME FAIS UN BISOU, ARAMÍS ?

Il faisait très chaud, il y avait plein de mouches, et tante Ana Rosa nous a envoyés, mes cousins Pablo, María et moi, chez Orejón, le boulanger. Je portais un T-shirt avec la phrase suivante « Mes grands-parents, qui m'aiment beaucoup, m'ont rapporté ce T-shirt de Vigo », que m'avaient offert grand-mère Mari Cruz et grand-père Vicente après un voyage organisé par l'IMSERSO*. María avait une robe à franges en coton avec un chien imprimé auquel il manquait des morceaux à force d'avoir été lavé. Nous devions acheter des baguettes pour les sandwichs à l'omelette, et je marchais comme un sergent, en orgueilleuse cheffe de troupe, car Pablo avait six ans, María cinq, mais moi, j'en avais huit. C'était encore fermé, il était très tôt, et on a sonné à la porte. Orejón

* Agence publique espagnole qui organise, entre autres, des voyages pour les retraités et bénéficiaires des services sociaux.

nous a ouvert. Pendant les premières secondes, jusqu'à ce que je lève la tête pour regarder son visage et lui expliquer qu'on venait chercher du pain, tout ce que j'ai vu, c'est un ventre poilu avec un nombril qui ressortait.

Il nous a fait entrer dans le magasin encore peu éclairé, qui sentait la farine et le four, et nous a remis les baguettes. Dès que la porte s'est refermée sur lui, on a chuchoté à propos de son nombril car tous les trois, qui arrivions à la hauteur de son ventre, on l'avait remarqué, et on s'est mis à courir jusqu'à la maison de mes grands-parents, qui était aussi celle de Pablo, María, et de tante Ana Rosa. On a descendu la rue el Cristo en sautant et en criant qu'Orejón avait le nombril qui ressortait, le nombril qui ressortait, qui ressortait. Pablo aussi savait sortir le sien. Lorsqu'il le faisait on appelait ça la bouche de Martien. Quand Ana Rosa le chopait en train de le faire elle le grondait, et quand elle nous chopait en train de lui demander de le faire, ma cousine María ou moi, qui étions plus grandes que lui, elle nous grondait et nous traitait de petites dictatrices. Arrivés à la maison, on lui a raconté pour Orejón, tous les trois à l'unisson, tout excités, tandis qu'on lui donnait les baguettes. Elle nous a répondu d'arrêter de piailler et de nous grouiller de faire nos sacs, Juli et Pepe allaient bientôt arriver.

Pepe était un des frères de mon père, Juli était sa femme et nous allions à l'Aquopolis de Villanueva de la Cañada avec leurs enfants, d'autres cousins à nous. Mes parents étaient repartis à Ontígola et il était entendu que mon oncle et ma tante me raccompagneraient à la maison après la journée au parc aquatique. Nous sommes montés dans la Peugeot 309 d'oncle Pablo et de tante Ana Rosa, sans sièges auto ni ceintures de sécurité, mes cousins Pablo et María, qui étaient leurs enfants, mon cousin Alberto, le deuxième enfant de Pepe et Juli, et moi. Dans la Ford Orion noire de Pepe et Juli se trouvaient ma cousine Isabel, leur fille, qui avait cinq ans comme María et à qui ses frères avaient appris à réciter les voyelles en éructant, son frère Mario, un de mes cousins plus âgés, et deux de ses amis, Edu et Repi. Ce dernier avait les cheveux longs avec la raie au milieu et me faisait penser à Quimi, dans *Compañeros**, même si je ne le disais pas.

Dans chaque voiture on était en surnombre. Quand il a découvert, à l'entrée de l'autoroute, qu'il y avait la Guardia Civil, oncle Pablo est devenu nerveux. Comme il craignait de se prendre une amende, il a fait demi-tour pour rejoindre la nationale. Ce n'était pas le premier voyage en voiture que je faisais en surnombre. À cinq ans j'étais allée de Criptana à Ontígola assise sur les genoux de tante Arantxa, m'accroupissant quand ma grand-mère María Solo me disait de le faire, à cause de la Guardia Civil. Avec mes parents ce n'était jamais arrivé. Pourtant,

* Série télé espagnole diffusée de 1998 à 2002, qui raconte la vie des professeurs et des élèves d'un établissement scolaire.

on faisait le voyage presque tous les vendredis d'Ontígola à Criptana, et on revenait le dimanche, d'abord dans la Lada, puis dans la Clio.

Ana Mari emportait toujours plein de vêtements et mon père la taquinait de prendre autant de fringues pour passer seulement deux jours au village. Elle mettait les habits qui se froissaient sur des cintres qu'elle accrochait aux poignées à l'arrière de la Lada, et passait une bonne partie du voyage à me gronder si je les touchais. Quand j'affirmais que je ne les touchais pas, ce qui était un mensonge car j'aimais passer la main sur les vêtements d'Ana Mari, elle me disait que j'étais insolente et que je ne devais pas répondre ainsi. Alors je regardais par la vitre et jouais à deviner des formes dans les nuages (c'était ce que faisaient les enfants en voiture dans les films, regarder en silence par la vitre et deviner des formes dans les nuages). Mais aussitôt ça m'ennuyait et je demandais à mon père de changer de cassette, d'enlever El Último de la Fila et de mettre Los Toreros Muertos, où il y avait cette chanson qui parlait de pisser.

On allait souvent à Criptana pour voir la famille, mais aussi pour qu'Ana Mari et mon père, qui avaient une vingtaine d'années, puissent retrouver leurs amis, oncle Domingo et oncle Juan, c'était comme ça qu'on les appelait. Quand ils sortaient avec eux, ils me disaient qu'ils allaient à l'enterrement d'un certain Manolo Cacharro. Les premières fois, je l'ai cru. Comment aurais-je pu douter de l'authenticité d'un enterrement, moi, une petite fille qui ne comprenait rien à la mort ? Un soir je me suis rebellée et je leur ai demandé combien de fois le fameux Manolo Cacharro avait l'intention de mourir. Grand-mère María Solo, avec qui ils me laissaient quand ils sortaient, a beaucoup ri et m'a dit qu'ils allaient picoler, mais que nous, on allait manger une salade russe qu'elle avait préparée puis jouer au menteur après le dîner. Le lendemain, il y avait la feria à Las Mesas et je devais les aider, grand-père Gregorio et elle, à installer le stand.

Le jour de l'Aquopolis je n'ai pas dormi chez ma grand-mère María Solo, mais chez Pablo et María, qui avaient sur leurs lits des couettes *Les 101 Dalmatiens* et Rex, le dinosaure de *Toy Story*. Nous sommes arrivés par la nationale sans prendre d'amende de la part des autorités et on a débattu un moment, après avoir étendu nos serviettes, entre aller d'abord au toboggan à pistes ou au *splash*. J'ai raconté à mes cousins qu'à Aranjuez aussi il y avait un Aquopolis, et que tout le monde l'appelait « la piscine du mort » parce qu'un jour quelqu'un était mort sur un toboggan. Ils ne m'ont pas crue, pourtant c'était vrai.

On a finalement décidé que c'était mieux de choisir en premier le toboggan à pistes parce que Isabel et María, qui étaient petites, avaient le droit d'y aller. Arrivés devant, on a reconnu un journaliste de l'émission *Aquí hay tomate*

avec un micro, et Aramís Fuster*. Elle était moulée dans un maillot de bain léopard et avait une queue-de-cheval haute bien luxuriante. Elle regardait d'un côté, puis de l'autre, tandis qu'elle entrait dans l'eau, se recoiffant d'un geste sensuel. On a couru jusqu'aux serviettes pour le raconter à Juli et Ana Rosa, avant de se déhancher pour l'imiter. Ana Rosa s'est mise à rire et m'a encouragée à lui dire bonjour. Nous sommes retournés en courant à la piscine, et quand le cameraman a ordonné à Aramís Fuster de sortir de l'eau, je me suis approchée d'elle, surgissant d'un buisson, l'ai regardée de bas en haut et lui ai lancé : « Tu me fais un bisou, Aramís ? » Elle a accepté, et le journaliste de *Tomate* a regardé la caméra, s'exclamant,

* Voyante catalane, occultiste, « sorcière », et star de la téléréalité espagnole.

en guise de conclusion à son reportage : « Vous voyez ? Même les enfants l'adorent ! ».

Mes cousins l'ont rapporté à tante Ana Rosa et oncle Pablo, à oncle Pepe et Juli, qui ont passé des années à rigoler chaque fois qu'ils se rappelaient le « Tu me fais un bisou, Aramís ». Et chaque fois, j'avais super honte parce que Aramís était une *freak* et m'avait embrassée, à ma demande. C'est que je n'avais jamais vu de star de près (à part José Bono*, surnommé Pepe, depuis qu'Ana Mari s'était fait prendre en photo à ses côtés lorsqu'il était venu inaugurer la mairie d'Ontígola). Mais une vraie personne célèbre, non.

Mes parents ont bien ri aussi quand ils l'ont su, à mon retour à Ontígola, avec des coups de soleil et les yeux rouges, fantasmant à l'idée de porter plainte contre Telecinco et de toucher un bon pactole s'ils diffusaient mon image sans le dessin qu'ils mettaient sur le visage d'Andreíta, la fille de Jesulín et Belén Esteban**.

Ana Mari et mon père revenaient de chez Leclerc et je leur en ai voulu d'y être allés sans moi. Leclerc avait ouvert tout récemment à Aranjuez, c'était la première grande surface que je connaissais, tellement différente de la boulangerie de Rocío, de celle de Benita ou de celle

* Homme d'État espagnol, membre du PSOE, le Parti socialiste.

** Le couple formé par le torero Jesulín de Ubrique et l'animatrice de télévision Belén Esteban, ainsi que leur fille Andrea, dite Andreíta, née en 1999, ont alimenté les journaux people pendant des années.

d'Orejón, dont le ventre poilu et le nombril qui ressortait avaient été parmi les premières choses que j'avais vues dans ma vie.

C'était presque toujours mon père qui faisait les courses. Il m'emmenait parfois avec lui au marché d'Ocaña acheter un poulet et je sentais l'odeur d'animal mort, d'eau de Javel et de fanes de légumes par terre collée à mon corps. D'autres fois, on allait chez Leclerc et, si j'avais de la chance, il m'achetait un livre ou le magazine *Witch* au rayon papeterie. Là, en revanche, ça ne sentait rien et j'avais l'impression que c'était le futur, la modernité, le seul avenir qui valait la peine.

Chez Leclerc, tout était bien rangé et sous plastique, pas comme au marché d'Ocaña où on vous remettait vos cuisses de volaille emballées dans un papier absorbant grisâtre sur lequel on pouvait lire « Merci de votre visite, revenez vite ». Pourvu qu'on n'en tienne pas compte et qu'on ne revienne pas, je pensais, ou qu'au moins le marché d'Ocaña ne sente plus l'animal mort, l'eau de Javel et les fanes de légumes par terre. Qu'on y installe, pourquoi pas, des LED comme chez Leclerc, au lieu d'obliger tous ceux qui se présentaient devant un stand à demander : « C'est votre dernier prix ? »

Bientôt l'euro arriverait. À l'école on s'entraînait avec des pièces et des billets en carton, et je mourais d'envie de pouvoir acheter les bonbons de chez El Duende avec des euros à la place des pièces crasseuses de cinq duros qui ne servaient à rien, sauf quand on les accrochait à la corde d'une toupie ou à l'image d'un saint Pancrace. Le marché d'Ocaña et les euros ne pouvaient pas cohabiter : les euros seraient étincelants et modernes, et nous le serions aussi, et nous serions l'Europe. Je le pensais et l'écrivais dans mon journal. Les euros étaient Leclerc, les pesetas les cuisses de volaille qui continuaient d'être enveloppées dans du papier anti-graisse de couleur grise.

En même temps que Leclerc avait également ouvert à Aranjuez un immense bazar chinois « Tout à 100 pesetas », en avance sur son temps puisque sur la banderole lumineuse on pouvait déjà lire « Tout à 0,60 et à 1 euro ». C'est Rubén qui l'a raconté en cours de maths alors qu'on s'exerçait à rendre la monnaie avec les euros en carton. Je ne l'avais pas encore vu. Quand on avait besoin d'un élastique à cheveux, d'une passoire ou d'acheter du mortier, on continuait d'aller au bazar, et je ne comprenais pas pourquoi, de la même façon que je ne comprenais pas pourquoi on allait encore au marché d'Ocaña et pas chez Leclerc.

Je me rappelais avoir entendu ma grand-mère María Solo critiquer, avant de mourir, les bazars chinois qui poussaient partout comme des champignons. Je me souviens qu'elle critiquait également les centres commerciaux, l'Indiana Bill (qui était une piscine à balles à Aranjuez), et les Pizza Hut, « parce que, avant, les seuls endroits où on pouvait acheter des jouets, monter sur un manège ou manger un hamburger, c'étaient les ferias, et maintenant regarde ». « Maintenant regarde » signifiait que les ferias avaient perdu leur sens car la vie, le monde, notre propre existence étaient devenus une foire.

Je n'ai jamais réagi à ces critiques, j'aurais été incapable de contredire grand-mère María Solo, mais j'ai écrit dans mon journal qu'ils me plaisaient bien, à moi, les magasins chinois, les centres commerciaux, l'Indiana Bill, le Leclerc et le Pizza Hut, ainsi que le Burger King qu'ils construisaient en face du palais d'Aranjuez, même si mon père m'avait dit qu'il ne m'y emmènerait pas, c'étaient des cochonneries américaines.

L'Actimel aussi était pour lui une cochonnerie américaine. Ça venait de sortir sur le marché et tous mes copains en apportaient pour le goûter à la récré tandis que je déballais honteusement mon sandwich ou mes biscuits nappés de chocolat, que je trouvais néanmoins très bons. Le soir, je suppliais mon père de m'acheter de l'Actimel, comme les autres enfants, mais il refusait.

Il me disait « Regarde mon doigt », remuant l'index de droite à gauche, avant d'ajouter que si je voulais un Actimel je n'avais qu'à secouer un yaourt. Alors je me mettais en rogne et montais dans ma chambre. Je pensais qu'il n'y connaissait rien parce qu'il n'aimait pas les euros, ni les chansons en anglais, ni le Burger King, ni l'Actimel, continuait d'aller au marché d'Ocaña acheter du poulet, et ça lui était égal que ça sente le cadavre d'animal et qu'il y ait des lampes antimouches au plafond. Des années plus tard, j'ai été obligée de lui donner raison, car je suis toujours obligée de donner raison à mon père, même avec des années de retard. Il était témoin de la fin de l'Espagne, de la fin de l'exceptionnalité. Et je ne m'en rendais pas compte.

L'EXTÉRIEUR : MONDE

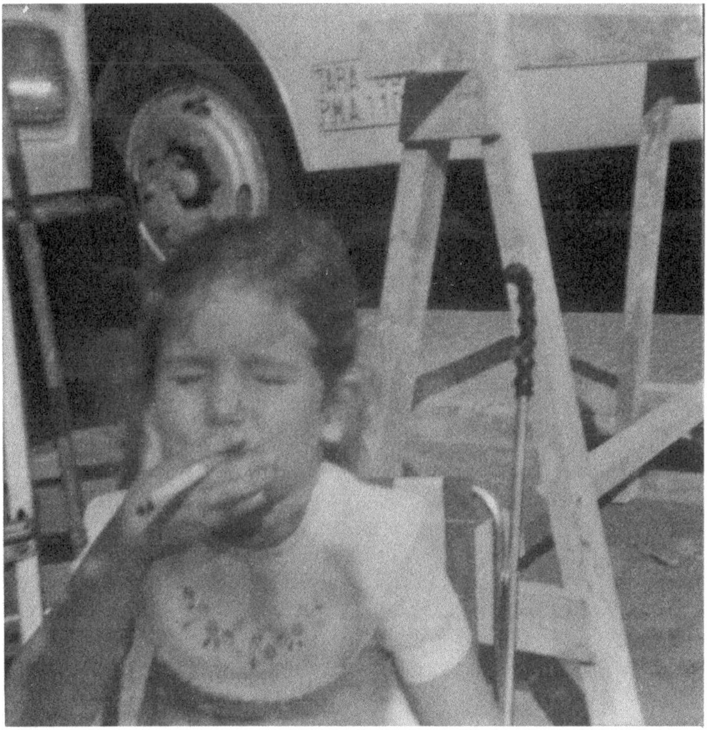

LE MARIAGE DE REBECA

13 juillet 1997. Je venais d'avoir six ans et c'était le mariage de Rebeca, une cousine de ma mère, fille de tante Toñi. Elle épousait Ratón, un homme minuscule, avec des yeux en amande et beaucoup de corne sur les mains, en tout cas c'est ce qu'il me semblait. Il travaillait aux champs. Je ne sais plus où j'ai entendu dire que le dernier jour des vendanges il mettait toujours un costume pour aller dans les vignes. J'ai pensé alors qu'il devait être trop grand pour lui et plisser aux genoux, parce que Ratón était tout petit et qu'on ne faisait pas des costumes de cette taille. Je l'ai imaginé passant son temps à se retrousser les manches pour couper les grappes.

Deux ans avant de se marier, Rebeca et Ratón avaient eu Coraima, qui était la plus jolie petite fille du monde et portait le prénom d'un personnage d'une série télé que regardaient ma grand-mère et Toñi. Coraima était toujours parfaitement coiffée et sentait très fort l'eau de

Cologne. Elle ne pleurait quasiment jamais, et quand j'ai appris que Rebeca et Ratón allaient se marier je l'ai énormément enviée de pouvoir assister au mariage de ses parents : une de mes vidéos préférées, c'était le mariage des miens. Je la visionnais autant que *Le Livre de la jungle* ou *Anastasia*, que m'avaient offert mes tantes, et que mon père n'aimait pas que je regarde parce qu'il le trouvait contre-révolutionnaire.

Sur la vidéo du mariage, il y avait la famille de mon père, celle de ma mère, et j'étais furieuse de ne pas y être. Furieuse de ne pas pouvoir courir parmi les invités du banquet et que personne ne me gronde, de ne pas pouvoir mélanger les sorbets au citron avec le pain et le ketchup qu'on donnait pour accompagner l'escalope panée du menu pour enfants dans les salons de Pelos, où se sont mariés mes parents et beaucoup de gens de mon village. J'étais furieuse de ne pas figurer dans cette vidéo aux côtés de mes oncles et tantes qui mangeaient des crevettes, buvaient du whisky DYC ou fumaient, car à l'époque où mon père et Ana Mari se sont mariés, en 1990, on fumait encore dans les restaurants et les discothèques, les trains, les salles de cours, et devant les enfants.

J'adorais les effets de kaléidoscope et les filtres de couleur avec lesquels Pacheco, le magasin de photos de mon village, avait édité la vidéo, ainsi que les épaulettes et la dentelle de la robe de mariée d'Ana Mari. Plus d'une fois j'ai reproché à mes parents (mon père et Ana Mari) de ne pas m'avoir attendue, de m'avoir exclue d'un événement aussi important. Mon père me répondait toujours qu'ils ne savaient pas que j'allais venir au monde ni que j'aurais autant envie d'assister à leur noce.

Je lui demandais où j'étais avant leur mariage et il me disait que je n'existais pas. Mais où était l'endroit où se trouvaient les enfants avant d'exister ? Nulle part, ils n'existaient pas, n'étaient pas. Je déclarais que c'était impossible car quand j'étais pensive et qu'il voulait savoir à quoi je pensais et que je répondais « à rien », il me disait qu'on ne pouvait pas penser à rien. Alors je rétorquais que si, moi je pouvais. Et je restais quelques secondes les yeux dans le vague avant de le prévenir : « Ça y est. » « À quoi as-tu pensé ? ». « À du blanc ». « Si tu penses à du blanc, tu ne penses pas à rien », répliquait-il.

À ce moment-là, je m'énervais toujours un peu et je passais à autre chose, assumant ma défaite. « Rien » n'existait pas, même si je continuais d'essayer : chaque fois que mon père me demandait à quoi je pensais et que je répondais « à rien », je demeurais à nouveau les yeux dans le vague pendant quelques secondes avant de déclarer : « Ça y est. » Il me demandait à quoi j'avais pensé, et je répondais « à du blanc », comme si j'espérais qu'il me donnerait raison un jour et ne me dirait pas que le blanc était le blanc, ce n'était pas rien.

Mais, s'il était impossible de ne penser à rien parce que ça n'existait pas, comment les enfants pouvaient-ils n'être rien avant de naître ? Comment pouvaient-ils ne pas exister, ne pas être, au moins en blanc ? Le 13 juillet 1997, alors que je prenais un bain chez mes grands-parents avant d'aller au mariage de Rebeca, je pensais à ça et j'étais jalouse de Coraima qui pouvait assister à la noce de ses parents. Soudain, j'ai entendu grand-mère María Solo (elle s'appelait María, mais comme l'autre c'était Mari Cruz, on disait María Solo) s'écrier « les salauds » dans la salle à manger. Miguel Ángel Blanco* venait d'être assassiné.

Mes grands-parents, mes parents et mes tantes ont commencé à s'agiter dans tous les sens, à aller et venir dans la salle de bains en laissant ouvert, tandis que je leur criais de fermer la porte. Je les observais, j'observais mes doigts fripés, et me demandais pourquoi ma grand-mère avait dit ça alors qu'elle me reprochait d'être « malpolie » si je chantais en public « *ya llegó el verano, ya llegó la fruta y el que no se agache es un hijo de puta*** », chanson qu'à l'évidence elle-même m'avait apprise quand je savais encore à peine parler. Lorsqu'elle est entrée me démêler les cheveux, j'ai interrogé Ana Mari. Elle m'a parlé de l'ETA, très nerveuse, et j'ignore si c'était à cause de l'ETA ou parce que nous sommes arrivés en retard à l'église. Au lieu d'apaiser mes questionnements, ça les a renforcés.

* Conseiller municipal du Pays basque, pris en otage et exécuté par l'ETA en 1997.

** « L'été est arrivé, les fruits sont là, et celui qui ne se baisse pas pour les ramasser est un enfoiré. » Comptine populaire aux paroles détournées.

J'avais déjà entendu parler de l'ETA et remarqué que leur sigle, lorsqu'ils passaient à la télé avec des cagoules, ressemblait à celui des pharmacies. Mais, jusqu'au mariage de Rebeca, je ne m'étais jamais demandé pourquoi ils tuaient, ni combien ils étaient. Je savais juste qu'ils étaient là pour nous faire peur, et surtout nous mettre en colère.

Ana Mari m'a dit je ne sais quoi à propos de mains blanches*, que cet homme avait été enlevé et qu'il était conseiller municipal. Ça, je savais ce que c'était. Ana Mari était amie avec les secrétaires de la mairie d'Ontígola et on voyait parfois des conseillers quand on allait apporter des papiers à l'hôtel de ville, qui est l'autre nom de la mairie. Elles me disaient : « Ana Iris, lui, c'est le conseiller municipal à la culture », ou « Ana Iris, lui, c'est le conseiller municipal pour l'environnement ». Je hochais la tête et leur souriais comme on sourit à des gens importants.

En réalité, plus que l'ETA et ce fameux Miguel Ángel, ce qui m'inquiétait c'était que le mariage de Rebeca ne soit pas aussi amusant que celui de mes parents, ou que la vidéo n'ait pas d'effets de kaléidoscope par la faute d'un inconnu. J'ai mis des années à comprendre pourquoi la mort d'un conseiller de je ne savais où, qui n'était même pas un de ceux qu'on voyait parfois à Las Cuevas quand

* « Mains blanches » : mouvement estudiantin pacifique et populaire, né en 1996 après l'assassinat par l'ETA d'un professeur très aimé de l'université de Madrid.

on allait prendre un café, Ana Mari et moi, avec Coral et Carmen, les secrétaires de la mairie d'Ontígola, attristait autant ma famille. Des années à comprendre que, parfois, la mort des autres est aussi la nôtre. À comprendre ce que sont une tragédie, des salauds et un village.

Dans cette baignoire, j'ai appris tant bien que mal ce qu'était l'ETA. Quand mon cousin Pedro, qui est plus petit que moi, a dit à la fin d'un dîner chez mes autres grands-parents (Mari Cruz et Vicente, Pedro étant de ma famille paternelle, les Simón, pas les Bisutero) que l'ETA ne tuait plus parce qu'il était très vieux, celui qui tuait à présent c'était Pinochet, j'ai ri et lui ai expliqué que l'ETA n'était pas un monsieur, mais un groupe nombreux. Même si, à vrai dire, je n'en étais pas très sûre.

Des années plus tard on m'a raconté que si, ce matin-là, ils s'agitaient dans tous les sens et n'arrêtaient pas d'aller et venir dans la salle de bains en laissant la porte ouverte, c'était parce qu'ils cherchaient un ruban noir. Mon grand-père Gregorio, qui était témoin au mariage, voulait en accrocher un au revers de sa veste. Ils ont dû aller dans la fourgonnette et ouvrir une boîte de poupée Úrsula (la méchante dans *La Petite Sirène*) pour découper un morceau de sa robe. Il a fallu en brûler un peu les bords pour l'empêcher de s'effilocher et permettre à mon grand-père de le porter en guise de ruban. S'ils avaient une poupée Úrsula et une fourgonnette, c'est parce que mon grand-père Gregorio et ma grand-mère María Solo étaient forains, ils possédaient un stand de jouets.

Il y avait une histoire de feria que grand-mère María Solo me répétait souvent et qui avait un rapport avec l'ETA. En 1978, pendant les fêtes de San Fermín, ils avaient été obligés de se réfugier toute une soirée sur le stand, une structure en bois et en fer de deux mètres sur dix où ils recevaient les clients. La faute aux défenseurs d'une cause appelée « Amnistie totale* » qui, apparemment, s'étaient mis à manifester et à affronter la police au milieu des stands et des manèges.

Ce qui me paraissait vraiment important dans cette histoire, plus que les raisons qui poussaient ces gens à profaner la feria, c'était qu'oncle José Mari, qui était alors un enfant, n'avait pas arrêté de crier « Policiers assassins », slogan des manifestants tout cet été-là. Grand-mère María Solo me racontait qu'elle l'avait beaucoup grondé, lui ordonnant de ne pas dire des choses pareilles, ils allaient se retrouver en prison à cause de lui, et je pensais, avec soulagement, heureusement qu'aucun garde n'avait entendu le petit José Mari scander cela. Ce qu'était l'Amnistie totale, et pour quelle raison ces messieurs qui la désiraient affrontaient la police, m'importaient moins.

* Loi espagnole de 1977 amnistiant tous les prisonniers politiques, y compris ceux coupables de crimes pendant la guerre civile et la dictature franquiste.

MOI EN BAS ET *ARRIBA ESPAÑA**

Quand on arrive à la voiture Sergio me regarde par en dessous, et je lui dis *tuasdebeauxyeux*, comme ça d'une traite. C'est ce que je lui répète chaque fois qu'il me regarde par en dessous car il a des yeux très grands, d'un vert très sombre, et il me répond que sa mère vote pour Vox**. Il fait cette déclaration avec un air très sérieux et une voix très grave, celle qu'il prend quand il dit des choses importantes ou des mensonges. Sa mère lui donne une tape sur la tête et lui ordonne de monter dans la voiture, tandis que Diego rigole et attrape ma valise. Je ris aussi. « C'est vrai, elle vote pour Vox », insiste Sergiete, ainsi qu'on l'appelle parfois, en accrochant sa ceinture.

* Devise franquiste, « allez l'Espagne », « vive l'Espagne », « debout l'Espagne » : l'adverbe « *arriba* » signifie littéralement « en haut ». L'autrice joue sur ce sens, avec l'enfant qui dort en bas dans le lit superposé et l'Espagne « en haut ».

** Parti d'extrême droite fondé en 2013.

« Il a été comme ça toute la semaine, va savoir s'il ne va pas le raconter ici et là », soupire sa mère, ma tante, en accrochant la sienne. Ils sont venus me chercher à la gare d'Alcázar, qui est à côté de celle de Criptana, mais où beaucoup plus de trains arrivent. Je viens séjourner quelques jours au village.

Elle démarre et on laisse derrière nous les moulins d'Alcázar. Comme chaque fois que je passe là, comme tous ceux de Criptana qui passent là, je songe quelle camelote, ces moulins, tandis que Diego me parle de sa dernière compétition de judo. Lorsqu'on arrive au village et qu'on traverse le rond-point de Quichotte et Sancho, qui pourrait être et qui est sûrement à l'entrée de tous les villages de la région, Sergio montre le drapeau espagnol et dit : « Ana Iris, tu sais quoi ? Je dors dans un lit superposé. Moi en bas et *arriba España.* » Il éclate de rire, sa mère, son frère et moi aussi. Je me demande comment ce mème a pu arriver jusqu'à un enfant de sept ans. Car il sait le lire pour ce que c'est, un mème, aucun doute. Cependant, je lui dis de ne pas sortir ça, surtout, devant son grand-père. Nous arrivons devant la maison qui, il y a quelques mois encore, était la maison de mes grands-parents, mais qui aujourd'hui est seulement la maison de mon grand-père, et il m'interpelle à nouveau. « Ana Iris, tu sais quoi ? » Je le regarde, complice. Il se remet à rire et je me rends compte qu'il a perdu une nouvelle dent depuis la dernière fois que je l'ai vu.

Sergio, Diego et ma tante, leur mère, vont déjeuner chez eux et je reste avec mon grand-père qui m'a préparé des *gachas**. Un poêlon pour moi toute seule parce que lui n'a pas le droit, le diabète et la farine de gesse ne font pas bon ménage. De toute façon il en a déjà mangé lundi, qui est son jour de *gachas*. Il n'arrête pas de répéter : « Un poêlon pour toi toute seule, moi, je n'y ai pas droit », comme s'il devait se convaincre lui-même. Mais quand j'insiste pour qu'il trempe un morceau de pain, une « province », comme il appelle ça, il prend son pain complet et m'obéit. Les yeux brillants, il me fait un clin d'œil et me dit : « Lève-toi, que je te regarde. »

Sergio et Diego reviennent tout de suite après déjeuner. Mon grand-père s'est assoupi, assis sur une chaise dans la salle à manger, le coude appuyé sur le radiateur et la tête posée sur son poing. Il se réveille dès qu'il les entend et leur annonce qu'il a « perdu un dixième », comme il dit chaque fois qu'il s'endort devant la télé à plein volume.

On a prévu d'aller voir le silo, un réservoir à céréales datant de la guerre civile, que vient de peindre Ricardo Cavolo sur commande du conseil provincial de Ciudad Real. On attend Carolina, cinq ans, qui doit nous accompagner. Tante Ana Rosa descend et me raconte que les peintures du silo ont mis le village sens dessus dessous.

* Plat populaire composé de restes, avec différentes variantes selon les régions. Dans La Mancha il se cuisine avec de la farine de gesse.

Les femmes passent leurs journées à dire *Qu'est-ce que ça signifie*, les gens ne comprennent pas parce qu'il n'y a pas de perspective, c'est plat. Par-dessus le marché, Cavolo affirme que ça représente la folie. On frappe à la porte. Ana Rosa, qui depuis la mort de notre grand-mère porte sur ses épaules, et sur son visage fatigué, l'obligation de jouer le rôle de sa mère, ouvre et demande : « Mais qui est là ? » Je devine que Carolina se jette dans ses bras. J'entends une succession de baisers : Ana Rosa ne sait pas donner un seul baiser, elle en fait plusieurs, à la suite, et toujours très sonores.

Le jour où on lui a appris que sa grand-mère, en réalité son arrière-grand-mère, était morte, Carolina a posé la question suivante : qui désormais allait dire « Mais qui est là ? » quand elle viendrait chez les grands-parents ? C'est pour ça qu'Ana Rosa reprend le flambeau. Depuis son mariage avec oncle Pablo, elle vit au premier étage de la maison de mes grands-parents, avec son mari et leurs deux enfants, mon cousin Pablo et ma cousine María.

La grand-mère dont je parle est Mari Cruz, pas María Solo, car Sergio, Diego, Carolina et Ana Rosa ne sont pas des forains : ce sont des Simón. C'est pourquoi Sergio sait que dire, à l'âge de sept ans, que sa mère vote pour Vox et lancer des *viva España !* est aussi obscène que parler de merde ou de pets (ce qui est, je suppose, le sujet de conversation des enfants de son âge quand ils arrivent à l'étape de l'humour scatologique).

« Couvre-toi bien, il fait très froid », dit Ana Rosa à Carolina avant qu'on sorte. Carolina obéit, enfonce son T-shirt dans son pantalon et ferme son blouson. Je lui dis qu'elle a une chouette doudoune. Elle me répond qu'elle vient de chez Carrefour, où travaille sa mère, ma cousine. On dit au revoir à mon grand-père et à Ana Rosa, et on part tous les quatre en direction du silo, en bas de la rue el Cristo.

Carolina et Sergio marchent devant. Je reste derrière avec Diego, qui sort un pétard de sa poche et me demande si j'ai un briquet. Je lui réponds non, pas devant les petits. Il me raconte qu'il s'est rasé les cheveux sur le côté parce qu'il veut se déguiser en Shelby, de la série *Peaky Blinders*, pour le carnaval. Lorsque je lui fais remarquer que le carnaval est encore loin, il ne me répond pas et lève les yeux au ciel, comme si ce détail n'avait aucune importance. Comment se fait-il qu'un garçon de onze ans regarde *Peaky Blinders* ? Il me dit que c'est son père qui regarde. Je me souviens alors pourquoi son père, le plus jeune frère de mon père, est mon oncle préféré.

Quand j'avais l'âge de Diego et que son père, prénommé aussi Diego, vivait encore chez mes grands-parents et qu'on allait faire les vendanges, je demandais toujours à revenir dans sa Renault Supercinq GTX. Parfois il roulait très vite et nous disait (mon cousin Pablo, qui a deux ans de moins que moi, montait aussi toujours dans sa voiture) que c'était un vaisseau spatial.

Le dimanche, Diego partait boire un coup et pouvait alors aller se faire rhabiller chez tout nu : c'est ce que dit mon grand-père, qui a son propre langage, quand il refuse de nourrir quelqu'un, parce que chez lui on déjeune à 14 heures pile, et celui qui n'est pas à table à cette heure-là peut aller se faire rhabiller chez tout nu. Depuis que notre grand-mère n'est plus là, je crois qu'il avance l'heure de quelques minutes chaque jour. Aujourd'hui on a mangé les *gachas* à 13 heures et quelques, et quand il s'adressait à la télé personne ne lui disait de la fermer, tu ne te rends pas compte qu'ils ne t'entendent pas ? Pourtant il s'est beaucoup adressé à la télé aujourd'hui parce qu'on a regardé le débat d'investiture.

Alors qu'il ramassait les miettes sur la table, après, il s'est mis à crier « Quelle bande de cochons », « Quand ils parlaient, nous nous sommes tus et nous les avons respectés, mais ces gens-là ne respectent personne ». Ces gens qui ne respectent personne sont ceux qui s'assoient sur les bancs des groupes parlementaires de droite. Mon grand-père s'est inclus parmi ceux qui les respectaient, comme s'il avait été dans l'hémicycle, parce que, même s'il a connu plusieurs malheurs cette année, même si sa María et son fils aîné sont morts, mon grand-père Vicente a eu une grande joie. « Jamais de ma vie je n'aurais imaginé des ministres communistes, revoir des ministres communistes », me dit-il en jetant les miettes à la poubelle. J'ai envie de lui répondre que le communisme n'est plus ce qu'il était, mais je me retiens. En réalité ce n'est pas à moi qu'il parle. C'est à lui-même.

C'est vrai qu'il fait très froid, Ana Rosa avait raison. Il y a du vent, de la brume et une lumière de fin du monde, comme chaque fois que c'est nuageux dans La Mancha. Car si La Mancha existe, si elle vaut quelque chose, c'est grâce à son ciel, en particulier lorsqu'il est dégagé. Quand ils dessinent des nuages, les enfants de La Mancha dessinent les nuages qu'ils voient, blancs et cotonneux, qui font penser à un char, un dinosaure ou un bidet. C'est ce que m'a dit Carolina à propos d'un nuage un jour, qu'il ressemblait à un bidet, et elle avait raison. Les autres enfants, qui ne sont pas de La Mancha, reproduisent simplement ce qu'on leur a dit sur les nuages, ces choses blanches et cotonneuses qui font penser à un char, un dinosaure ou un bidet.

Au silo, je les prends en photo tous les trois avec les dessins de Cavolo derrière et je l'envoie au groupe « Les Simón », qui compte trente-trois personnes, les Simón sont nombreux. Carolina a cinq ans et c'est la troisième de cinq arrière-petits-enfants. Sergio a sept ans, ils sont dix-huit cousins et c'est le plus jeune. Au retour, il se rappelle sans doute que j'ai beaucoup ri lorsqu'il a mentionné l'Espagne et il répète la blague du lit superposé : « Ana Iris, tu sais que je suis en train de construire un château ? Et au sommet, *arriba España !* » Carolina le regarde avec condescendance, comme chaque fois qu'elle ne comprend rien et fait semblant du contraire.

Ils marchent à nouveau devant moi. Je les entends inventer un nouveau jeu. Ils essaient de deviner si une maison est habitée ou non, à la poussière qui s'accumule sur les barreaux des fenêtres, à la chaux écaillée de la façade, à l'indigo plus ou moins décoloré au bas des murs. « Abandonnée », dit Sergio. « Non, dans celle-ci il y a des gens, les volets sont ouverts », rétorque Carolina. Je les imagine dans un long plan-séquence, depuis le silo jusqu'à la maison de mon grand-père, sous ce ciel lourd qui semble sur le point de s'abattre, d'ailleurs il s'abat, car à travers la brume on voit à peine, jouant à l'Espagne désertée, celle qui, d'après Sergio, dort dans le même lit superposé que lui.

L'INTÉRIEUR : MORT

UN FŒTUS DANS UN BOCAL EN VERRE

Trois mois avant le mariage de Rebeca et l'assassinat de Miguel Ángel Blanco par l'ETA, je n'arrêtais pas de me dessiner, un bébé à mes côtés. Ce n'était pas une poupée. Je n'ai jamais eu de Nenuco ni de Baby Born, ni de poussette pour les promener, ni de biberons en plastique rose pour les nourrir. Je n'ai jamais joué au papa et à la maman. Et jusqu'à l'âge de seize ans environ, je ne pouvais pas m'imaginer en train d'élever un enfant.

Le bébé que je dessinais tout le temps en février 1997 était mon frère. Ma mère était enceinte de trois mois et je pressentais, je savais que ce serait un garçon. Un petit garçon à déguiser, un bout d'homme avec qui jouer au ballon devant la porte de la maison pendant que nos parents feraient la sieste, et qui serait mon complice pour ouvrir les yeux d'Ana Mari quand elle dormait. Je ne pouvais pas m'empêcher d'ouvrir les yeux d'Ana Mari chaque fois que je la voyais dormir, comme pour vérifier si sa pupille et son iris étaient toujours là. Elle ne me grondait pas et ne m'a jamais demandé pourquoi je faisais ça. Peut-être devinait-elle que j'avais besoin de vérifier si sa pupille et son iris étaient toujours là quand elle faisait la sieste.

Une après-midi où je grimpais aux étagères en placo de la salle à manger (m'efforçant de ne pas me faire repérer par Ana Mari qui, si elle me surprenait ou détectait de petites traces, me passait un sacré savon), mon père m'a appelée depuis la cuisine. Quand il a passé la tête, il n'a pas dit « Gare à toi si ta mère t'attrape » parce que j'étais en train de grimper aux étagères en placo. Ana Mari était dans la cuisine, appuyée contre le plan de travail, portant le pull vert tout doux qu'elle avait hérité de ma grand-mère María Solo, en angora. Elle répétait tout le temps « le pull en angora », « ce pull est en angora ». Moi, je ne savais pas ce qu'était l'angora mais, puisqu'elle n'arrêtait pas de dire ça, je pensais que c'était sûrement important ; puis, lorsque j'ai entendu pour la première fois que c'était une race de chats, j'ai soupçonné ce pull d'être fait avec des poils de chatons. Je n'ai jamais osé poser la question et n'ai plus touché ma mère quand elle le mettait.

Elle portait aussi une jupe noire au-dessus du genou et des bas sombres. Au moment où elle s'accroupissait pour se mettre à ma hauteur, imitée par mon père, j'ai pensé qu'Ana Mari n'aurait jamais dû porter de bas sombres car elle avait les plus jolies jambes du monde. L'été, quand on allait à Criptana dans la Lada, ou lorsqu'ils m'emmenaient à la feria de Quintanar ou à celle de Santa Cruz pour me confier à mes grands-parents, je les regardais toujours depuis le siège arrière et je pensais qu'elle avait les plus jolies jambes du monde et que c'était ma mère, même si je ne l'ai pas appelée ainsi avant l'école primaire, à l'époque où je me suis aperçue que tout le monde avait une mère mais que, moi, j'avais Ana Mari. Je ne le lui ai jamais avoué. Ni pour les jambes, ni qu'à l'école primaire je m'étais rendu compte que cela faisait six ans que je n'avais pas de mère, ni pour le pull en angora. Être enfant, c'est garder des secrets. On commence à être adulte quand on pense qu'il faut tout dire, que tout vaut la peine d'être dit.

Une fois accroupie, Ana Mari m'a pris les mains. J'ai remarqué que ses bas faisaient des plis derrière les genoux et qu'elle avait les talons qui ressortaient des chaussures. Mon père l'a prise à son tour par les épaules et m'a annoncé que mon petit frère n'allait pas venir. Qu'il était mort. Cette après-midi-là, l'après-midi où j'ai appris que mon petit frère existerait uniquement dans mes dessins, je n'ai pas arrêté de questionner mon père. Je savais que je ne pouvais pas interroger Ana Mari, que je ne devais pas. C'est ça aussi, être enfant : deviner, quand il se passe quelque chose de triste, qu'il se passe quelque chose de triste. Et savoir alors qu'on entre dans un état d'exception dans lequel ne pas comprendre ne donne pas le droit d'agir comme si tout était normal. Ne donne pas le droit, pendant un temps, de continuer d'être un enfant.

Je comprenais que les personnes âgées puissent mourir, les enfants aussi d'ailleurs. Sarita, une de mes copines de maternelle, était morte d'une leucémie un an plus tôt, quand on avait quatre ans. Mais comment quelqu'un qui n'était même pas né pouvait-il mourir ? Comment pouvait arrêter d'exister ce qui n'était rien (puisque tel était un enfant avant de naître, d'après mon père) ? Tout ce que je comprenais, ces jours-là, c'était qu'il fallait prendre soin d'Ana Mari, parce qu'en plus on était en plein déménagement pour avoir une maison plus grande quand arriverait le bébé, qui finalement n'allait pas arriver. J'ai passé les après-midi suivant sa mort avec elle, tandis que mon père portait des cartons et des objets, ne grimpant plus aux étagères en placo de la salle à manger mais à celles de la cuisine pour lui attraper un jus de fruits, ou la laissant me peigner, alors qu'à l'époque j'autorisais seulement deux personnes à le faire sans râler : grand-mère María Solo, qui ne me tirait pas les cheveux, et moi-même.

Mais avant ces après-midi où ma mère restait silencieuse très longtemps et où j'aidais mon père pour les cartons de jouets, mon père a senti, le jour où le bébé est mort, à cause de toutes mes questions je suppose, et comme il l'avait déjà senti une fois avant et le sentirait souvent après, l'obligation de me dire la vérité. Pour que j'apprenne ou comprenne. Il devinait, même si j'étais encore une enfant (ou précisément à cause de cela), que je pouvais comprendre. Alors il m'a pris la main et m'a conduite dans leur chambre.

C'était une très grande pièce avec deux portes-fenêtres qui donnaient sur un long balcon. Là, peu de temps après, j'apprendrais à patiner avec des Fisher-Price qui pouvaient se mettre dans deux positions : à quatre roues et en ligne. Les rideaux aux couleurs vives étaient en toile de jute avec des fleurs brodées en bas. Lorsqu'ils étaient ouverts, on voyait au centre le clocher de l'église d'Ontígola, qui sonnait toujours à l'heure de la sieste, et à cause duquel mon père se réveillait en sursaut, devenant de plus en plus athée monothéiste de dimanche en dimanche.

Il a ouvert les portes de leur armoire, une armoire encastrée en bois sombre qui était très grande aussi, du moins pour moi, du haut de mes cinq ans. Il s'est accroupi pour être à mon niveau, comme Ana Mari l'avait fait un moment plus tôt, dans la cuisine. D'un tiroir où ils rangeaient les draps et les sous-vêtements, il a sorti un bocal qui avait sûrement contenu de la ratatouille ou du coulis de tomates que préparait grand-père Vicente, et où se trouvait à présent un fœtus. Il flottait dans un liquide que je me rappelle vert mais qui ne l'était probablement pas. On devinait ses bras pliés, ses mains, si minuscules. Ses yeux ressemblaient à ceux d'un tout petit extraterrestre, et j'ai eu l'impression de le regarder pendant des heures même si ce fut sûrement plutôt quelques secondes.

Mon père a replacé le bocal entre les draps, dans le tiroir. Il m'a expliqué que c'était un fœtus et que ma mère avait fait une fausse couche. Qu'avant ma naissance il y avait déjà eu un autre petit frère qui n'était pas né. Comme ils n'avaient pas compris ce qui s'était passé, ils l'avaient récupéré dans les toilettes, où ils l'avaient découvert, mort prématuré, et l'avaient mis dans ce bocal pour le montrer au médecin afin qu'il détecte les causes, pourquoi son petit cœur s'était arrêté ; il avait été expulsé beaucoup trop tôt du ventre d'Ana Mari. Il m'a dit que c'était la vie, que ça faisait partie de la vie. Qu'on naissait pour mourir et que, s'il y avait la vie, c'était parce qu'il y avait aussi la mort. Je n'ai pas pleuré et n'ai pas eu peur. Je crois que je n'ai même pas été triste, ou pas plus que je l'étais déjà.

Ana Mari a appris que j'étais au courant pour le fœtus dans le bocal quelques jours plus tard, quand j'ai lâché le morceau. Elle s'était assise pour parler avec moi. Elle ne pleurait pas, parlait peu, et ce dernier point, surtout, était étrange pour moi. Je lui ai dit que j'avais de la peine pour mon petit frère car je ne saurais jamais quel visage il avait et ne pourrais pas le faire dormir dans mon lit, mais pour qu'il y ait la vie il fallait qu'il y ait la mort, ça faisait partie de la vie. Papa me l'avait expliqué lorsqu'il m'avait montré le bocal.

Mes parents se sont beaucoup disputés ce soir-là, mais je ne l'ai su que des années plus tard. Comme j'ai su uniquement des années plus tard qu'ils s'étaient disputés quand Sarita, ma camarade de classe, était morte à l'âge de quatre ans et que ma grand-mère María Solo m'avait dit de ne pas m'inquiéter, elle était au ciel avec Jésus, m'apprenant à prier « *Cuatro esquinitas tiene mi cama** ». Mais quand on s'était retrouvés seuls dans la Lada, mon père m'avait dit de ne pas me faire d'illusions. Les gens n'allaient pas au ciel quand ils mouraient, ils étaient enterrés et mangés par les vers, qui ensuite étaient mangés par les oiseaux, qui ensuite étaient mangés par d'autres oiseaux comme les vautours. Et ce n'était pas grave. Pour qu'il y ait des oiseaux et des fleurs il fallait aussi, d'une certaine façon, qu'il y ait des Sarita. S'il y avait la mort, c'était parce qu'il y avait eu la vie, si courte fût-elle. Et des petits frères qui n'arrivaient même pas à naître.

* « Mon lit a quatre coins », prière du soir pour enfants.

N'UTILISER AUCUN APPAREIL : ÇA FAIT SAUTER LES PLOMBS

En triant les photos de mon téléphone, j'ai retrouvé celle du repas de famille, en juillet. On y aperçoit un coin de la cour, chez mes grands-parents. C'est le coin de la fenêtre qui donne sur la petite cuisine, une pièce où se trouvent une cheminée, une machine à laver, trois ou quatre marmites accrochées à côté d'une rangée de piments en train de sécher, deux étagères couvertes de tomates, de ratatouille cuite au bain-marie, et parfois de sarments pour faire du feu. Si un jour on me demande ce qu'est pour moi l'odeur de l'Espagne, je répondrai cette pièce, cette petite cuisine, qui, quand ma grand-mère était là, sentait aussi, souvent, le savon qu'elle faisait elle-même.

Sous la fenêtre, il y a un tas de pots de fleurs. Des géraniums, un lierre du diable, un rosier, un arbuste. Devant, reflété dans la vitre, un bout de corde à linge avec quatre ou cinq T-shirts et quatre ou cinq pantalons minuscules. Ils appartiennent à mes cousins, et ils sont là parce que oncle Pepe a dû les arroser au jet ou leur jeter un seau d'eau. Oncle Pepe fait ça à chaque repas de famille.

J'ai regardé cette photo un bon moment, essayant de me rappeler à quel moment précisément je l'ai prise. J'ai pensé que la vie c'était ça, à peu de choses près. Quelques T-shirts d'enfants séchant au soleil et des pots de peinture glycéro, qui sont à présent pleins de terre et de géraniums.

Un jour, mon grand-père m'a dit que les fleurs, c'était ma grand-mère ; lui, il plantait seulement des choses « utiles ». Par là, il entend tout ce qu'on peut manger, tomates, courges ou olives. Une année, on lui a offert un bonsaï et il n'a pas compris le principe. Il n'a pas dû trouver ça terrible et l'a greffé. Aujourd'hui, c'est un olivier plus grand que moi qui donne des olives d'une taille considérable. Ma grand-mère les accommodait et nous offrait des bocaux à emporter.

J'ai pensé, également, que c'était le dernier repas où nous étions tous, où il y avait encore oncle Hilario et grand-mère Mari Cruz. C'est pourquoi je pense que la vie c'est ça, à peu de choses près. Parce qu'ils ne sont plus là, contrairement aux propriétaires des T-shirts et des tout petits pantalons. Et que les géraniums, la terre et les pots de fleurs, en revanche, sont toujours là.

Nous, les Simón, on se réunit deux fois par an : le samedi le plus proche du 13 juillet (anniversaire de notre grand-père Vicente), et pour le réveillon de Noël. Quand on était petits, on utilisait la salle à manger et la cuisine. Mes oncles et tantes ôtaient les portes pour qu'on ne passe pas notre temps à les faire claquer, et mon grand-père tirait la rallonge de la table de la salle à manger. Comme le pied était cassé, il mettait à la place une branche d'amandier qu'il appelait « l'automatique ». Le cousin qui donnait un coup dans l'automatique et faisait tout tomber (il y avait toujours un cousin qui donnait un coup dans l'automatique et faisait tout tomber) savait qu'il risquait d'être exilé à la table des merdeux, les moins de onze ans. Nous passions donc tout le repas à nous observer les uns les autres, tentant le sort, nous défiant du regard pour voir qui était capable de passer le pied le plus près de l'automatique sans le toucher.

Lorsque mes cousins plus âgés ont commencé à avoir des enfants et qu'on ne tenait plus à l'intérieur, mon grand-père a appelé le fils de Santiaguete, un des premiers maîtres maçons du village et architecte de sa maison, pour qu'il construise dans la cour une salle dont la seule fonction serait d'accueillir les réunions de famille. C'était en 2007. Alors qu'ils étaient en pleins travaux, il y a eu de fortes pluies et elle a été inondée. À la même époque, un jour où on jouait à cache-cache, ma cousine Clarita, qui devait avoir quatre ans, s'est cachée dans la bétonnière et on s'est tous fait drôlement enguirlander pour l'avoir laissée se cacher là-dedans. Oncle Pablo, qui est ébéniste et est l'unique personne au monde qui aime son métier (qui l'aime vraiment) parmi tous les gens que je connais, a fabriqué deux très longues tables, beaucoup de chaises et de tabourets. Peu à peu, cette salle est devenue le Siège.

Je ne sais plus qui lui a donné ce nom en premier, mais quiconque y pénètre comprend rapidement pourquoi. Les photos de famille (l'une d'elles est un photomontage commandé par mon grand-père parce qu'il n'avait pas de photo de ses huit enfants ensemble et il a demandé à Diego, le cadet, de se débrouiller avec Photoshop, mais sur la photo que Diego a choisie il apparaît plus âgé qu'Ana Rosa, alors que c'est l'inverse, et mon grand-père ne comprend toujours pas pour quelle raison on rigole chaque fois qu'on la voit) alternent avec des drapeaux de la révolution cubaine, de Chine, du Vietnam. Celui avec la faucille et le marteau n'y est plus, Hilario l'a emporté avec lui en juillet. On l'a posé sur lui à la morgue et enterré avec. Je n'ai pas demandé qui l'a décroché du Siège, l'a plié et l'a mis dans un sac pour l'emporter à la morgue, mais c'est ce que j'ai pensé en premier quand j'ai vu là-bas qu'un tissu rouge recouvrait son corps et compris ce que c'était. J'ai aussi pensé que, si on lui avait raconté comment il allait mourir, il aurait dit tu parles d'un débile, putain de merde. « Putain de merde, tu parles d'un débile », voilà ce qu'il aurait dit.

Hilario était, jusqu'à il y a quelques mois encore, le frère aîné de mon père, le premier de huit enfants.

À présent c'est Mari l'aînée car Hilario est mort le jour où il a voulu déboucher les toilettes de la cour, chez lui. Il a mélangé de l'eau de Javel et de l'eau-forte et s'est intoxiqué. Sa cour, où se trouvent les toilettes, a des murs enduits à la chaux avec le bas bleu indigo et l'ombre de la vigne la mieux taillée de mon village. À son enterrement, juste avant de descendre le cercueil dans le trou, mon père s'est avancé très rapidement et a retiré la clé qui était dans la serrure.

Après l'enterrement, nous sommes tous allés dans la cour d'Hilario. J'ai enlacé mon père par-derrière et je lui ai dit que je l'avais vu. Que voulait-il faire avec cette clé ? Ses yeux se sont emplis de larmes et il n'a pas répondu, mais quand personne ne regardait il l'a accrochée à la branche mère de la vigne et a dit que maintenant ce serait à lui de la tailler. Sorin, le mari de ma cousine Fina, la fille d'Hilario, lui a rétorqué même pas en rêve, avec son accent roumain-manchego, c'est lui qui allait s'en occuper. Je crois que c'est la première fois qu'on a ri en trois jours.

Carolina, fille de Fina et de Sorin et petite-fille d'Hilario, est arrivée et mon père l'a prise dans ses bras. Il lui a montré la clé et lui a dit que chaque fois qu'elle la regarderait elle devait se souvenir de son grand-père. Ensuite elle a répété à sa mère l'idiotie que lui avait dite oncle Javi. Il venait de passer dans la salle à manger et, lorsqu'il avait vu les espadrilles d'Hilario, s'était souvenu de lui : il n'avait besoin d'aucune clé.

Entre le moment où Hilario avait été admis à l'hôpital et celui où avait été signé son acte de décès, trois jours avaient passé. Pendant ces trois jours, une famille gitane et la mienne (comptant huit oncles et tantes et leurs époux, épouses, respectifs – sept, sans Hilario –, dix-huit cousins et cinq arrière-petits-enfants) ont envahi le troisième étage de l'hôpital La Mancha Centro d'Alcázar de San Juan, où vont les gens de Criptana.

J'y ai à peine mis les pieds. J'ai passé quasiment ces trois jours dans la pénombre de la salle à manger, chez mes grands-parents, à laquelle on se référait encore au pluriel, à tenir la main de ma grand-mère qui arrivait seulement à dire, de temps en temps, « lui qui s'était tiré de ses soucis ».

« Ses soucis » étaient des problèmes respiratoires qui l'avaient mené des années plus tôt à l'hôpital. Elle, qui s'était très bien aussi tirée de ses soucis jusqu'à ce que son fils décide de déboucher les toilettes de sa cour, est morte deux mois plus tard. Et de la même façon que je pense qu'Hilario aurait dit « Putain de merde, tu parles d'un débile » s'il avait su de quelle façon il mourrait, je me demande comment auraient pu se passer ces retrouvailles prématurées entre une mère et son fils si mon père se trompait et s'il existait un lieu après la mort qui ne soit pas la décomposition, puis les fleurs, le ventre des vers et d'oiseaux comme les vautours. Hilario se serait probablement mis en colère contre elle et lui aurait dit: « Mais bon sang, Mari Cruz, que fais-tu déjà ici ? »

Hilario s'asseyait toujours à droite de ma grand-mère lors des repas au Siège. Mon grand-père occupe la place d'honneur à la table des grands, des adultes. L'autre table, c'est pour les enfants. Seuls quelques cousins plus âgés ont le droit de s'asseoir à celle des grands. Ce n'est pas écrit, personne ne nous l'a jamais notifié, mais c'est comme ça. Parce que, même si le Siège s'appelle le Siège, nous, les Simón, n'agissons pas comme un parti, mais comme un clan. Nous respectons des lois qui ne figurent dans aucun texte et ont été transmises de génération en génération, des lois qui n'ont même pas besoin d'être verbalisées : par exemple, les enfants ne sont pas (sauf exception) autorisés à s'asseoir à table avec leurs parents, mais avec leurs cousins, même si ces cousins (comme moi) pourraient bien être leurs parents, question âge. Ou bien, quand on mange une *caldereta**, il ne faut pas rester près de la poêle, il faut se servir avec un couteau, mettre la viande et les pommes de terre sur du pain, faire deux pas en arrière et manger seulement alors, car la *caldereta* ne se mange pas assis mais debout, autour des poêles, comme on le faisait dans la vieille cabane de mon grand-père quand il avait des vignes. Autour de celle qui est pimentée se regroupent les oncles et les cousins les plus courageux. Autour de celle qui n'est pas pimentée, les tantes et les enfants, les seuls qui ont droit à une assiette (jusqu'à dix ou onze ans), mais mangent aussi debout.

* Ragoût d'agneau typique de La Mancha.

Hilario passait de la table des grands à celle des enfants. Quand il parlait du règne d'Isabel II ou de la première femme qui avait obtenu le permis dans le village et avait été aussi la première à aller sur la Lune car elle s'était crashée dans la vitrine de la pâtisserie, tout le monde se taisait. C'était une autre loi non écrite, une autre preuve concrète de la discipline librement acceptée qui impliquait et implique d'être un ou une Simón.

Si Hilario avait pu faire des études et n'avait pas été obligé de travailler dès l'âge de dix ans, je crois qu'il aurait été professeur, même si la patience n'était pas sa plus grande qualité. Instituteur, il aurait été instituteur. Il avait suivi des cours du soir avec le professeur José Manuel Alcañiz. Le jour où il est mort, une bonne partie de notre mémoire est morte avec lui, et mon père m'a demandé d'écrire un texte qu'on lirait au cimetière parce qu'on ne pouvait pas célébrer de messe pour Hilario, avec tous les blasphèmes qu'il avait proférés, non seulement contre Dieu, mais contre « les saints tous autant qu'ils sont », et parfois même aussi contre « cette pute de Vierge », qu'il insultait quand l'occasion en valait la peine.

Chez les Simón, et c'est un autre enseignement qui ne s'explicite pas, le blasphème est graduel, selon la gravité de ce qui le provoque ou la hardiesse de celui qui le prononce : j'emmerde Dieu, j'emmerde Dieu et le Christ avec, j'emmerde Dieu et les saints tous autant qu'ils sont et j'emmerde Dieu et cette pute de Vierge.

Pour l'enterrement d'Hilario, j'ai écrit le texte suivant, consciente à chaque ligne de l'étrangeté d'avoir à inventer un rituel de mort parce qu'on avait, précisément, des rituels de blasphème.

Lors du dernier repas du dernier anniversaire de notre grand-père, la cousine María a tourné une vidéo. Au centre apparaît Hilario. Il est entouré par Pedro, Diego, Javi et Pablo. Il leur parle, sur un ton moqueur, d'un ancêtre carliste : Diego Simón. De temps en temps, il donne à Pedro, qui est à côté de lui, une petite tape sur l'épaule. Il mentionne *Doña Perfecta* de Pérez Galdós tandis que les autres écoutent. Sourient. Acquiescent de la tête. Il termine l'histoire en disant heureusement que tout cela n'est pas arrivé à bon port, sinon on serait probablement tous chez Vox. Tout le monde rit, évidemment.

Lors du dernier repas du dernier anniversaire de notre grand-père, María a tourné une vidéo et Hilario était au centre, racontant une de ses histoires. Cette vidéo aurait pu être tournée lors de n'importe quel repas, n'importe quel réveillon, n'importe quel dimanche chez les grands-parents. Car la scène se répétait chaque fois qu'Hilario était là : il n'était pas seulement lui. C'était lui et ses histoires. Hilario spéculant sur le lieu dont parlait Cervantès quand il faisait référence à cette bourgade de La Mancha dont il ne voulait pas se rappeler le nom. Hilario récitant Lorca ou Miguel Hernández et son « Enfant laboureur ». Hilario racontant, pour la énième fois, à la demande de Pablo fils, l'histoire de ce réveillon de Noël où la première femme qui est allée sur la Lune s'est crashée dans la vitrine de la pâtisserie, ou riant parce que son prénom en anglais était Hillary, comme Clinton.

Hilario aimait qu'on l'appelle « le Frère », peut-être pour que « le Frère » original, celui dont il avait pris le surnom, soit toujours vivant. Beaucoup d'entre nous, de fait, avons uniquement connu le Frère et la Sœur à travers ce qu'Hilario nous a raconté d'eux. C'est grâce à lui que ses enfants Hilario, Josefina, Belén et Carlos, et ses petites-filles, Clara et Carolina, les ont connus. Grâce à lui qu'ils ont su qu'ils avaient existé, marché là où nous marchons, ri et pleuré dans la cour où nous rions et pleurons à présent. Qu'ils ont porté notre nom avant nous.

Probablement sans le savoir, et sûrement sans le vouloir, Hilario nous a appris, avec sa femme, Jose, toujours présente à ses côtés, beaucoup de choses. Il nous a appris des histoires drôles, des dictons et des chansons. Il nous a appris que les mains calleuses à force de piocher, les mains tannées par la terre, connaissent aussi le soleil et le vent, caressent l'histoire, la poésie et les livres.

Mais, peut-être, ce qu'il nous a appris de plus important, c'est que s'il n'existe aucun Dieu à prier, ni de ciel où aller, comme il le pensait, la seule manière que nous avons de rester vivants, c'est la mémoire. Nous restons vivants dans les histoires que nous racontons. Et c'est à présent notre devoir, notre responsabilité, de continuer de raconter les siennes. Continuer de rire parce que son prénom en anglais était Hillary. Réciter « L'enfant laboureur » de temps en temps et sentir encore sa main sur notre épaule.

Celui qui a lu ce texte, c'est Javi, mon frère, né cinq ans après le fœtus dans le bocal en verre, en 2000, et qui par conséquent est un des plus jeunes parmi les cousins. Quand Hilario s'asseyait à la table des enfants, il aimait l'interpeller car Javi était capable, presque depuis tout petit, de le suivre lorsqu'il récitait des poésies ou de compléter ses blagues. « *Avec ta truelle à la ceinture, tu as peut-être l'air d'un bon maçon, mais à moi on ne la fait pas* », disaient-ils en chœur. Ils riaient, puis discutaient, parce que Javi est né vieux mais surtout savant : l'Espagne était-elle l'Espagne depuis Isabel et Fernando, ou l'était-elle avant ?

C'était drôle de voir un homme, la peau tannée comme le cuir, et un adolescent, avec une chemise léopard et les ongles peints, passer des heures à parler histoire et poésie. C'était beau de voir comment Javi disait « Voilà le Frère » chaque fois qu'il arrivait, et les yeux d'Hilario s'illuminer en l'entendant. Le Frère et la Sœur étaient l'oncle et la tante de mon grand-père Vicente, qui a été élevé avec eux lorsque ses parents se sont exilés en France après que son père s'est échappé de prison, et qui ont vécu dans la maison familiale jusqu'à leur mort. Nous, les cousins, on les a uniquement connus à travers ce qu'Hilario, mes grands-parents et nos parents racontaient d'eux, surtout Hilario, et ça leur a conféré le statut de mythe fondateur de notre clan.

Après l'enterrement, nous sommes allés chez Hilario. Ensuite je suis retournée chez mes grands-parents dans le C15 d'oncle Pablo, l'ébéniste, le mari d'Ana Rosa. Il m'a d'abord parlé de l'harmonographe qu'il venait de fabriquer, un appareil mécanique qui dessine des images en utilisant des pendules oscillants, puis il m'a dit de prendre « le papier » dans la boîte à gants. Le papier était une affichette sur laquelle il était écrit : « N'UTILISER AUCUN APPAREIL. ÇA FAIT SAUTER LES PLOMBS. » Il y avait deux trous faits probablement avec la pointe d'un crayon de papier et un fil passait à travers. Je l'ai lu plusieurs fois et me suis tournée vers oncle Pablo qui regardait devant lui. « C'était punaisé à la porte de la salle de bains et je l'ai volé pour le mettre dans un cadre sous verre, pour ses enfants. C'est la dernière chose qu'il a écrite », m'a-t-il expliqué, fixant toujours la rue el Cristo.

Nous arrivions chez mes grands-parents, où il vit aussi, à l'étage, avec Ana Rosa. « Maintenant ? » lui ai-je demandé. « Non, non, pas maintenant. Il faut laisser passer du temps. » Il m'a dit que, lorsqu'il mourrait, il voulait qu'on l'enterre avec une boîte d'olives et un paquet de cigarettes, et c'était très sérieux.

Alors que j'ouvrais le portail pour qu'il puisse garer la C15 dans la cour, j'ai pensé à Hilario comme à Giner de los Ríos*, car s'il avait pu faire des études il aurait été instituteur, tel que l'a décrit Machado : « Est-il mort ?... Nous savons seulement / qu'il nous a quittés par un clair sentier, / en nous disant : menez pour moi / un deuil de labeurs et d'espoirs. / Soyez bons, et c'est tout, soyez ce que je fus / parmi vous : une âme. / Vivez, la vie continue, / les morts se meurent et les ombres passent ; / qui laisse emporte et vit qui a vécu**. » J'ai pensé aussi que ce dernier vers, « qui laisse emporte et vit qui a vécu » devrait être dans son cercueil. Parce que Hilario a vécu, et comme il a vécu en nous parlant de ce qui était important, en nous racontant qui nous étions et d'où nous venions, il a accompli de bonnes actions.

* Philosophe, pédagogue, essayiste espagnol (1839-1915), fondateur de l'institution libre d'enseignement. Parmi ses nombreux élèves, Antonio Machado, qui lui consacre un poème à sa mort.

** « À Don Francisco Giner de los Ríos ». Traduction de Sylvie Léger et Bernard Sesé, NRF Poésie / Gallimard n° 144.

LE FÉMININ

LES VACANCES DES AUTRES ENFANTS

Après la maternelle, à Virgen del Rosario, à Ontígola, j'ai changé d'école et je suis entrée à Vicente Aleixandre, établissement situé à Aranjuez, la ville où mon père était facteur. On n'exerçait pas le métier de facteur, on *était* facteur ; je le savais parce que mon père répétait qu'on était une famille *postale* et ne disait jamais qu'il exerçait le métier de facteur : il disait qu'il l'était. Ana Mari aussi était factrice, mais à Ontígola, où on habitait. Son bureau se trouvait dans notre garage, d'abord dans la maison sur la place, avec le balcon où j'ai appris à patiner et qui donnait sur l'église, puis dans celle de la rue Flores, où nous avons déménagé pour la naissance du bébé qui finalement n'est jamais né. C'était un pavillon mitoyen, comme tous ceux qui, ces années-là, ont ôté progressivement leur identité à la province de Tolède et à la région de La Mancha (ainsi qu'à beaucoup d'autres), avec de moins en moins de murs enduits à la chaux et de moins

en moins de bouteilles en plastique remplies d'eau un peu partout pour empêcher les chiens de pisser, au nom de la modernité et de la nouvelle nation-carrefour-Espagne, fière de sa récente européanité.

Une modernité et une européanité qui se diluaient dès qu'on entrait dans le bureau de poste d'Ontígola. Sur la porte (une porte de garage blanche en tous points semblable aux dix portes de garage blanches des dix pavillons mitoyens autour, et dont la seule différence était une boîte aux lettres jaune avec une cornemuse peinte) était accroché un panneau où Ana Mari avait écrit à la main : « Horaires de bureau : de 10 h à 11 h. » Sur le trottoir, il y avait parfois la Vespino avec laquelle elle distribuait le courrier au Résidentiel et aux Tournesols, les deux lotissements de pavillons non mitoyens, de pavillons tout court, qui commençaient à peupler Ontígola d'étrangers comme nous, juste avec un peu plus d'argent et quelques années d'« emprunt » en moins.

La Poste octroyait à Ana Mari une indemnité de mille pesetas pour le local. C'était pareil pour tous les facteurs ruraux à cette époque, fournir le local était une condition qui figurait sur leur contrat. L'année où l'indemnité est montée à deux mille pesetas et où les syndicats se sont vantés d'avoir obtenu le double de la somme, Ana Mari riait, comme elle le fait toujours, de manière très sonore, rejetant la tête en arrière, et elle n'arrêtait pas de dire à mon père que « le double de rien, c'était deux fois rien ». Il riait aussi, ainsi qu'il le fait toujours également, la main sur sa bouche, agitant un peu les épaules, comme pour retenir un fou rire, comme s'il ne voulait pas que le rire parvienne à sortir. Exactement le contraire d'Ana Mari.

L'avantage d'avoir le bureau de poste d'Ontígola dans notre garage, c'était que, lorsque j'avais une gastro et que je n'allais pas à l'école, Ana Mari était à la maison. L'inconvénient, c'était que les gens débarquaient tout le temps en dehors des horaires de bureau (de 10 h à 11 h, comme l'indiquait le panonceau qu'elle avait écrit à la main) et sonnaient à notre porte. Alors il nous fallait rester très discrètes, silencieuses, pour qu'ils pensent qu'on n'était pas là. On se cachait derrière la porte de la cuisine ou dans la salle d'eau du bas, qui comprenait juste des toilettes, un lavabo et un panier de linge sale, et on riait en silence en se regardant dans les yeux. Dès qu'on entendait les pas s'éloigner ou la voiture redémarrer, on sortait de nos cachettes et rompait le silence. Ana Mari riait probablement comme elle le fait toujours, comme si toute la joie du monde se concentrait soudain dans sa bouche et explosait, l'impulsion lui faisant rejeter la tête en arrière, tel le recul d'un pistolet.

Quand j'étais encore à l'école Virgen del Rosario, à Ontígola, elle venait me chercher avec son chemisier jaune, son pantalon bleu, et un tas d'élastiques marron autour des poignets, qu'elle utilisait pour attacher les lettres. Parfois elle m'autorisait à rentrer à la maison dans la remorque parce qu'elle n'avait plus de paquets à livrer. Si j'avais de la chance, elle venait avec la Vespino et on allait acheter du pain chez Benita, où je mangeais les miettes coincées entre les veines du comptoir en bois, m'efforçant de ne pas être vue. Ou chez Rocío, une épicerie très sombre avec une lampe antimouches pendue au plafond, où ça sentait toujours la charcuterie.

Quand j'ai eu six ans, en juin, on m'a annoncé que l'année suivante j'irais à l'école à Aranjuez. J'ai trouvé ça bien : ce n'était peut-être qu'à cinq kilomètres, à peine, mais Aranjuez appartenait déjà à la province de Madrid, et non plus à celle de Tolède, comme Ontígola. Madrid, c'était infiniment mieux que Tolède, tout le monde le savait, de même qu'une ville de plus de quarante mille habitants (je demandais toujours, et je continue de le faire, le nombre d'habitants d'un lieu), avec un palais, un cinéma, et sans vieilles femmes vêtues de noir vivant dans des grottes, était infiniment mieux qu'une autre d'un millier environ, où le seul point positif était le terrain vague à côté de chez moi, qui servait parfois de déchetterie locale et où j'allais jouer sur les canapés, lave-vaisselle et cuvettes de toilettes que les gens avaient jetés. Un été, quelqu'un s'est débarrassé d'échantillons de moulures de plafond et j'ai passé toutes mes vacances à les peindre à l'aquarelle. Mais, quand septembre est arrivé, Ana Mari a tout bazardé, elle était intraitable avec l'ordre et la propreté. « Le jour où je partirai, vous aurez de la merde jusqu'au plafond », nous menaçait-elle parfois mon père et moi. Je me demandais toujours où Ana Mari avait l'intention de partir quand elle disait ça (elle connaissait beaucoup d'endroits, elle n'avait pas été foraine pour rien). Était-elle capable de partir juste pour nous prouver qu'on aurait en effet de la merde jusqu'au plafond ? C'était de toute façon un mensonge, mon père et moi on nettoyait beaucoup, « étions de samedi » (expression qu'employaient mes parents à la place de faire le ménage, le samedi, mais aussi le vendredi ou le dimanche), avec El Último de la Fila en fond sonore si c'était lui qui mettait la musique, et Chiquetete, Triana ou Los Chunguitos si c'était elle. Mais, comme Ana Mari n'en tenait pas compte et continuait d'agiter le spectre de l'abandon répressif, on s'accordait le droit, mon père et moi, d'imiter ses simagrées en silence dès qu'elle disparaissait. Cependant, je continuais de me demander où elle irait si elle partait un jour. Une fois elle m'avait dit qu'elle aimait beaucoup le monastère de Piedra de Saragosse, où son père l'avait emmenée pendant des ferias. Peut-être qu'elle irait là.

Cet été-là, en plus de peindre des moulures à l'aquarelle, j'ai passé mon temps à tenter de battre mon record d'apnée à la piscine municipale. Si je réussissais à faire un aller-retour sous l'eau, le mois de septembre n'arriverait pas. J'avais aussi des objectifs à plus court terme – un aller simple, il y aurait des macarons à manger (ça ne marchait jamais, mais peu importait). En réalité, si je ne voulais pas que septembre arrive, c'était parce que je ne savais pas lire. Alors que les enfants d'Aranjuez, eux, habitant la province de Madrid et une ville de presque quarante mille habitants sans vieilles femmes vivant dans des grottes, savaient sûrement.

Je n'arrêtais pas d'y penser et de me plaindre. Je reprochais à mes parents de ne pas m'avoir appris à lire et de m'avoir inscrite dans une école de la province de Tolède et non de celle de Madrid. Grand-mère María Solo me consolait et me disait que ce n'était pas grave, il y aurait certainement d'autres enfants qui ne sauraient pas lire, mais je ne la croyais pas.

J'étais tellement angoissée à l'idée d'être la seule analphabète de ma classe que ma grand-mère m'a lu, toutes les semaines que j'ai passées avec elle et grand-père Gregorio sur les ferias, un livre d'El barco de vapor*, dans la série blanche, qui s'appelait *Papa n'habite plus avec nous* et racontait l'histoire de Pablo, un enfant dont les parents se séparaient. On s'y mettait à l'heure de la sieste et elle essayait de me faire déchiffrer plus de deux syllabes. Mais aussitôt surgissait la foraine du stand voisin qui venait prendre un café, ou bien ma grand-mère se mettait à faire la poussière, ou allait vérifier que mon grand-père n'avait pas mis de vin dans les canettes de Coca pour qu'on ne se rende pas compte qu'il buvait. Quand on en revenait à l'histoire de Pablo, on ne savait plus où on en était ni pourquoi ses parents se séparaient.

Le seul qui me rassurait, c'était oncle José Mari, le seul, dans la fratrie de ma mère, à être allé à l'université, et il me disait de ne pas m'inquiéter, lui non plus ne savait pas lire à mon âge. José Mari était l'unique garçon parmi quatre filles, mes tantes, qui toutes avaient quitté l'école avant le bac. « Mon José Mari, celui qui a été à l'université », répétait ma grand-mère à Shaid, qui vendait des tambours l'été et retournait au Sénégal l'hiver avec l'argent gagné sur les ferias. Ou à Ginés, celui du *baby*, puisque c'était comme ça qu'on appelait les manèges. Les visiteurs disaient « manège », mais nous, qui appartenions à la feria, on disait « baby ».

* Éditeur espagnol de littérature jeunesse.

C'est sur un baby que j'ai rencontré Mari Luz, une fillette de dix ans qui ressemblait beaucoup à Melody, même si Melody n'était pas encore célèbre, mais ça je m'en suis rendu compte plus tard. Elle avait un stand de tir, un frère plus jeune que moi, et le soir, quand les lumières s'allumaient sur son stand, elle aidait ses parents. Le matin, elle jouait avec moi et m'invitait dans sa caravane, car Mari Luz ne dormait pas sur son stand contrairement à mes grands-parents et moi : elle avait une caravane. On faisait des bracelets en tissu et elle me prêtait ses T-shirts qui lui arrivaient au-dessus du nombril (mais pas à moi). Elle m'a raconté que le 85 lumineux au-dessus de son stand c'était pour l'année où ses parents s'étaient mariés, et je suis tombée amoureuse d'elle comme les petites filles tombent amoureuses de filles plus âgées, désirant leur ressembler, désirant être elles. Quand elle me voyait arriver, alors qu'elle gonflait des ballons sur le stand de tir ou installait des mignonnettes de whisky Larios sur les étagères en tôle, elle me souriait et me faisait entrer, me soulevant légèrement dans ses bras. Il ne pouvait rien exister d'aussi sublime. J'ai beaucoup pleuré le jour où j'ai dû lui dire au revoir. Il y avait sûrement Camela en fond sonore. Ce fut mon premier amour d'été.

J'ai eu beau réussir à faire plusieurs allers-retours en apnée à la piscine municipale d'Ontígola, le mois de septembre est arrivé, ainsi que le premier jour de classe.

J'ai eu de la fièvre parce que je ne savais pas lire, mais mes parents, conscients qu'à chaque anniversaire, et tous les 6 janvier, j'avais de la fièvre, m'ont envoyée quand même à l'école.

Quand la maîtresse, qui s'appelait Rosa, nous a demandé ce qu'on avait fait pendant l'été, entourée d'une vingtaine d'enfants que je ne connaissais pas, je n'ai pas parlé de Mari Luz ni raconté que j'avais dormi plusieurs semaines sur un stand avec ma grand-mère María Solo et mon grand-père Gregorio. Que je les avais aidés à décharger la Mercedes, que je me lavais dans une bassine et allant chercher de l'eau pieds nus à la fontaine, alors que ma grand-mère me criait de ne pas marcher pieds nus, j'allais me couper et attraper le tétanos. Je n'ai rien dit parce que j'avais honte. Les autres risquaient de penser qu'on était des gitans et que c'était pour ça que je ne savais pas lire. Hors de la feria, c'était ce que j'avais entendu dire : les forains, c'étaient des gitans.

Lorsque ce fut mon tour, j'ai raconté que j'étais allée à la plage avec mes parents. Laquelle ? J'ai répondu La Mata. C'était ce qu'avait dit un enfant avant moi. Il a crié « Je ne t'ai pas vue », et, avant que la maîtresse le rappelle à l'ordre, j'ai senti pour la première fois le poids du soupçon. Je me suis souvenue que grand-mère María Solo me répétait que « les mensonges ont de courtes jambes » et, pendant des années, j'ai tenté d'étirer les miens au maximum. En attendant, ce jour-là, j'ai tâché d'éviter à la récré le garçon qui était vraiment allé à La Mata pour qu'il ne me pose pas de questions. Je n'avais jamais mis les pieds sur cette plage. Ni sur aucune autre.

ANA MARI EST COMME L'UNIVERS : ELLE S'ÉTEND

Il me reste peu de choses de l'université. C'est en partie ma faute, en partie celle de l'université, mais j'en ai gardé deux prouvant que ça en valait la peine : la fierté avec laquelle ma grand-mère Mari Cruz disait à Tere que j'étudiais le journalisme (comme si cela pouvait s'étudier), et Jimena.

Jimena a la peau très blanche et beaucoup de grains de beauté, elle porte tout le temps des foulards et est extrêmement attentive, attentive à ce que les autres ne voient pas, ce qui lui fait relever des coïncidences et avoir sans cesse des révélations. J'aime ça. J'aime aussi qu'elle se marre beaucoup et me fasse rire, moi et tous ceux capables de la comprendre. En quatrième année, en cours de radio, on devait réaliser un magazine. Elle a pensé qu'on pourrait l'appeler *Réclusion à perpétuité* et interroger l'ingénieur du son, Chispas, qui par ailleurs lui plaisait même s'il était très maigre et désagréable, en reprenant une interview de Juan Diego Botto en dernière page d'*El País*. Le pauvre Chispas, qui a certainement accepté parce qu'on était un groupe de cinq filles d'une vingtaine d'années, s'est donc retrouvé à répondre à des questions du style « Pratiquez-vous la méthode de l'Actors Studio ? », « Pourquoi les Argentins détestent-ils les Espagnols ? », ou encore « Étiez-vous un peu voyou quand vous étiez jeune ? » devant les micros du studio de l'université.

Une après-midi, en sortant de la présentation d'un livre au local de la Confédération nationale du travail quelques années après notre rencontre en première année de fac, Jimena m'a raconté l'histoire de sa famille aux noms à rallonge, la fortune de ses arrière-grands-parents, l'immense villa de sa grand-mère sur la Gran Vía de Bilbao. Comment, découvrant peu à peu ses titres de propriété foncière, elle était devenue anorexique. Sa famille avait été une des premières d'Espagne à prendre l'avion. Sa mère était hôtesse de l'air et son père chef de cabine chez Iberia. Jimena avait commencé des études d'ingénierie aéronautique, mais n'avait fait qu'une année avant de changer pour le journalisme. C'était comme ça que je l'avais connue.

Comme sa famille maternelle était riche, elle pensait que son histoire ne valait pas la peine d'être contée, raison pour laquelle elle n'en parlait pas. Je lui ai répondu que, dans une histoire, c'est toujours plus facile d'être David que Goliath, surtout dans un monde qui ressemble de plus en plus à un concours de pleureuses.

Sans doute parce que ma famille n'est pas riche, Jimena prend toujours de ses nouvelles. Elle a interviewé mon père et ma mère lorsqu'elle écrivait un scénario avec José Cabeza, notre ancien prof de cinéma à la fac : comme le personnage principal était facteur, ils devaient recueillir des informations sur la profession. Ils s'étaient donc rendus chez mon père pour l'interroger sur la vie dans un bureau de poste et la différence entre un recommandé et un courrier ordinaire. Mais lorsqu'ils découvrirent qu'il prenait au petit déjeuner du Cola Cao avec du lait, du miel et du sucre, et que ses yeux, si bleus, s'embuaient au souvenir du facteur qui venait chez lui quand il était petit, leur apportant des nouvelles de son père, de mon grand-père, exilé en Allemagne, ils craquèrent un peu pour lui. Ils tombèrent définitivement dans ses filets lorsqu'il leur dit que, s'ils voulaient une source d'inspiration, ils devaient aller voir Ana Mari. « Car Ana Mari est comme l'univers : elle s'étend », déclara-t-il. Mon père finit par inspirer en partie le héros de leur film, et pas seulement à cause de sa profession.

Ce qui leur plut, ce ne fut pas seulement cette phrase en hommage à son ex-femme, mais qu'il ne se rende pas compte de la signification de ses mots, ni de la façon dont il les prononçait. Mon père n'est jamais conscient de son lyrisme : il vit avec, c'est son état naturel et le milieu où il respire. Un hiver, il y a deux ou trois ans, il a prétendu avoir des hiboux majestueux. Via notre groupe WhatsApp, il nous écrivait, à mon frère et à moi, qu'il était allé voir ses hiboux majestueux et nous envoyait des photos très pixellisées (il avait dû zoomer). Les oiseaux étaient sur le toit d'un immeuble près de chez lui. Toujours les mêmes et toujours dans la même position. Quand on allait déjeuner chez lui, certains dimanches, il nous emmenait voir les hiboux, mon frère et moi, à peine sortis de table. Si on affirmait qu'ils étaient en plastique, il rétorquait que non, il les avait vus voler un jour. On a arrêté de lui dire que c'étaient des épouvantails à pigeons, et il a arrêté de nous emmener les voir. Il avait atteint son objectif, je suppose, qui n'était pas de nous faire croire que ses hiboux majestueux étaient vrais, mais de nous faire croire à la vérité qu'il avait inventée pour nous à leur sujet. « Admirez ce plumage », disait-il. On rigolait, mon frère et moi, et il nous regardait avec indignation. Une après-midi où nous étions allés les voir, l'un d'eux avait un sac plastique accroché au cou, mais mon père l'ignora. Nous aussi.

Jimena et José Cabeza finirent par prendre rendez-vous avec Ana Mari. Ils firent ce que mon père leur avait recommandé : « Fixez-vous une heure précise pour vous en aller, mettez une limite, inventez une contrainte pour pouvoir partir de chez elle au bout de dix heures. » Et l'ex-femme de mon père finit à son tour, après l'après-midi qu'ils passèrent chez elle, par inspirer aussi en partie le personnage de l'ex-femme du facteur.

Les jours qui suivirent la visite des « scénaristes » (ainsi qu'Ana Mari décida de les appeler et parla d'eux à chacun de ses collègues de la poste, sans doute à plusieurs reprises), ma mère, qui distribue la tournée 13, et mon père, qui distribue la 19, s'affrontèrent sous les yeux des autres facteurs sur la question de savoir chez qui ils avaient passé le plus de temps, qui leur avait donné le plus de matière, ou quel serait le protagoniste qui aurait le rôle le plus important dans ce film. Mon père disait qu'il voulait que son personnage soit interprété par Benicio del Toro ou Pepón Nieto, et Ana Mari riait sûrement beaucoup en l'entendant pendant qu'elle recoupait, ce qui signifie trier et classer le courrier chez les facteurs. Mon père et Ana Mari se sont séparés quand j'avais douze ans et Javi trois. Depuis cette date quasiment, ils travaillent dans le même bureau, car ma mère a quitté Ontígola pour Aranjuez.

Quand Jimena et José Cabeza remirent une première version du scénario au réalisateur, celui-ci leur déclara que le personnage d'Ana Mari était invraisemblable. C'était un cliché de cinéma, une créature almodovarienne, personne ne distribuait le courrier en écoutant sur son MP3 des leçons de master en psychologie ou des méditations, quand elle ne chantait pas tout haut des chansons de Parrita en poussant son chariot jaune. Jimena me

rapporta ses propos et je lui conseillai d'emmener avec eux Ana Mari la prochaine fois qu'ils auraient une réunion avec le réalisateur. Mon frère raconta à Ana Mari que le réalisateur trouvait que son personnage était un cliché de cinéma et que quelqu'un comme elle ne pouvait pas exister. Ana Mari explosa de rire un long moment. Les jours suivants, elle répétait à tout le monde : « Vous savez ce que dit le réalisateur des scénaristes à propos de moi ? Que je suis un cliché de cinéma » ; et elle riait certainement aussi fort qu'avec Javi, car Ana Mari parle et rit très fort. Et si on le lui fait remarquer, elle répond que « c'est son timbre de voix ».

Lorsque mon père a dit aux « scénaristes » qu'Ana Mari était comme l'univers parce qu'elle s'étendait, il leur a probablement donné la définition la plus exacte qu'on puisse trouver d'elle. En effet, quand Ana Mari est dans un lieu, elle l'envahit totalement. Son rire et son accent de nulle part (elle affirme qu'elle est nomade parce qu'elle a grandi de feria en feria ; sa diction et sa façon de parler révèlent qu'elle ne ment pas), ainsi que sa manière de répéter tout haut les superstitions de ma grand-mère María Solo, de décrire en détail le moindre événement qu'elle vit et ce qu'elle ressent à tout moment, occupent chaque coin, chaque creux, chaque brèche, sans que quiconque puisse faire quoi que ce soit pour empêcher cela.

Je me suis réconciliée deux fois avec elle : la première, quand j'ai cessé de dire Ana Mari et commencé à l'appeler maman, à l'âge de six ans, après m'être rendu compte que tout le monde avait une mère et que moi j'avais Ana Mari ; la seconde, lorsque les « scénaristes » l'ont interviewée, que le réalisateur a dit qu'elle était un cliché de cinéma, ce qu'elle a adoré, et que Jimena m'a parlé pendant des mois de la chance qu'elle avait eue de la rencontrer. J'ai compris alors que je n'avais jamais eu de mère, ce qui, au cours des années où je l'ai appelée maman, m'avait un peu effrayée. J'avais beau l'appeler maman, elle continuait de ne pas l'être complètement. Elle n'était pas comme les autres mères. Ana Mari ne me recommandait jamais de me couvrir ni de ne pas rentrer tard à la maison, ni de ne pas fréquenter untel ou unetelle. Elle ne me préparait pas de goûter pour la récré ni de Tupperware quand j'ai arrêté de vivre avec elle. C'était mon père qui faisait ça, sans doute parce qu'il avait grandi dans un clan, labourant la même terre et sarclant les mêmes betteraves hiver après hiver. Alors que ma mère appartenait à une communauté errante et bonimenteuse, sans horaires ni racines, sauf celles qu'elle a dans le cœur, sans autre certitude que celle de ne jamais avoir de routine. Mais je l'ai compris plus tard. Pendant de nombreuses années, au collège et au lycée, j'enviais mes amis qui trouvaient leur mère chiante. Je l'interprétais comme une forme d'amour qu'Ana Mari ne me donnait pas.

Je suis sûre que pour eux c'était l'inverse : ils devaient m'envier d'avoir Ana Mari. La mère est toujours condamnée au reproche car c'est l'amour premier, l'amour pur et la douleur de ne pas pouvoir être l'autre, de ne pas pouvoir être l'un avec l'autre, impossible à satisfaire. La déception primitive survient, comme l'amour primitif, de la mère.

Il y a cinq ans, Ana Mari a retrouvé sur Facebook Nacho. Sur *le* Facebook, comme elle dit, où elle poste principalement des cartes postales des moulins de

Criptana avec un filtre, des vidéos d'un site intitulé « La Poste au combat », et des photos de bouddhas ou de mandalas avec des textes imprimés d'un autre site, « L'art de vivre éveillé ». Nacho, le Faucon, fut son premier amour. Le Faucon, c'est son surnom. C'est mon père qui l'appelle comme ça quand il veut déstabiliser ma mère (la relation entre mes parents, plus de dix ans après leur séparation et alors qu'ils se voient huit heures par jour, tous les jours, du lundi au vendredi, est basée sur ce principe : déstabiliser l'autre).

« Demande à ta mère ce qui lui est arrivé aujourd'hui, elle est revenue avec quarante recommandés non distribués », me dit parfois mon père au téléphone. Lorsque je le répète à Ana Mari, elle se met à gesticuler au bout du fil (je ne la vois pas, mais je le sais) et à crier, à parler de la précarité de l'emploi, de la privatisation de la Poste, d'Amazon, de la bêtise des gens, et de la décadence de l'Occident consistant à commander sur Aliexpress.com vingt bouchons de baignoire sous prétexte qu'ils sont à cinquante centimes l'unité, au lieu de descendre au bazar en acheter un.

Ana Mari a rencontré Nacho à la feria de Manzanares quand elle avait quinze ans. Il ne venait pas d'une famille de forains, il travaillait pour Rafael Bustos, qui était de Santa Cruz de Mudela, le village de Nacho, et vendait également des jouets et des couteaux, mais pas de camelote. Alors que l'essentiel du commerce de mes grands-parents, c'étaient les jouets, mais aussi des bijoux fantaisie, des sacs, des portefeuilles en cuir, des couteaux et des ceintures. L'été où elle a rencontré Nacho, Ana Mari a quitté l'école : si elle retournait à Criptana avec ses frères en septembre après les ferias, comme chaque année, elle ne verrait pas Nacho à la feria de Gandie, ni à celle de Gérone. Elle a décidé de ne pas rentrer et de devenir foraine à plein temps, de ne plus aller en cours et de se consacrer aux petits marchés de Noël l'hiver, aux fêtes patronales au printemps et aux ferias l'été. Parallèlement elle a pris des cours de dactylo et, quand elle a connu mon père, elle a suivi un atelier de couture. Pendant des mois, elle s'est employée à coudre et repasser. Peu après ma naissance, à l'âge de vingt-deux ans, elle est devenue factrice.

Mais à l'époque où elle a retrouvé Nacho, qui ne travaillait plus sur les ferias et était désormais routier, Ana Mari avait un diplôme en psychologie, qu'elle avait obtenu à l'UNED* alors que j'étais étudiante, tout en travaillant huit heures par jour et en élevant mon frère.

Les premiers mois de leurs retrouvailles, Mónica, une collègue d'Ana Mari, a réalisé un photomontage avec une photo d'eux souriant à l'objectif, une autre de deux faucons et une troisième de l'affiche de *Ladyhawke, la femme de la nuit*, le film avec Michelle Pfeiffer. Depuis, c'est la photo de profil d'Ana Mari sur WhatsApp. Pour

* Université nationale d'enseignement à distance.

les Rois, le 6 janvier, elle a offert à Nacho deux albums Hofmann qu'elle a conçus elle-même sur Internet avec cette photo et un tas d'autres. Elle les a classées par ordre géographique, deux ou trois pages d'images pour chaque lieu qu'ils ont visité ensemble, sous lesquelles elle a écrit le nom, Algarve, Ségovie, Séville, Asturies..., faisant alterner régions, villages et villes, selon le cas. Ils possèdent d'innombrables photos ensemble, en d'innombrables endroits, car, lorsque Ana Mari prend des vacances, elle part quinze jours avec Nacho dans le camion, et lorsque c'est lui qui prend les siennes, ils repartent ailleurs quinze jours. Pendant qu'il conduit, elle lit ou tricote, et se fiche de ce qu'on peut penser. La route, c'est là qu'elle a grandi. C'est pourquoi elle adore partir l'été avec Nacho et dormir quinze nuits au milieu des oranges, des oignons, de l'huile, quel que soit le chargement.

On parlait de ça le jour où j'ai décidé d'arrêter de l'appeler maman et à nouveau Ana Mari. C'était à Criptana. On déjeunait à la terrasse du café de La Plaza avec elle, Nacho et mes tantes, ses sœurs. Il y avait aussi mon amie Sara, venue passer la journée avec nous. Au centre de l'attention, Ana Mari racontait qu'elle prétend, devant les gitans du quartier où elle distribue le courrier, être *merchera**, pour qu'ils la respectent et ne lui volent

* Les Mercheros sont un groupe social d'Espagne traditionnellement nomade. Leurs coutumes ressemblent sur de nombreux points à celles des Roms, même si leurs origines sont différentes.

pas son chariot, ce qui lui est arrivé une fois. « Bien sûr, quand ils me voient avec mes cheveux, mes yeux, et le flamenco que j'écoute sur mon portable, Los Chichos, El Barrio, de la rumba, ou un truc que je chante, ils me croient. En plus, je sais quelques mots de calo*, je l'ai appris avec les gitanes de la feria de Gérone, il y en avait beaucoup là-bas. Alors, quand ils me demandent si je suis gitane, je deviens super sérieuse et je leur dis non, je suis *merchera*, et ça leur fiche encore plus la trouille. »

Ce jour-là, devant une assiette de *castillos*, qui est le nom que l'on donne aux nuggets de poulet à Criptana, j'ai compris que la petite Ana Iris, à l'âge de six ans, avait raison. Je ne pouvais pas appeler Ana Mari maman. Ne pouvais pas la réduire à cela dans le monde car pour moi, de fait, elle ne l'avait jamais été. On ne peut pas priver de son nom quelqu'un qui s'étend comme l'univers.

* Langue mixte des langues romanes et du romani parlée notamment en Espagne, au Portugal et dans le sud de la France par des gitans ibériques.

LE SACRÉ ET LE PROFANE

L'HISTOIRE QUI PLAIRAIT À JUAN MANUEL DE PRADA*

Une des premières fois où Cynthia est restée dormir chez moi, je l'ai emmenée à la messe pour communier. Nous n'étions pas baptisées, ni elle ni moi, d'ailleurs elle ne s'est jamais fait baptiser, contrairement à moi qui, à neuf ans, ai voulu faire ma communion. Il a fallu m'inscrire au cours de religion. Jusque-là, j'allais au cours d'éducation morale avec Sofía et Pablo, on était les trois seuls à sortir de classe quand arrivait Montse, la prof de religion. On nous emmenait dans le bureau du surveillant général de Vicente Aleixandre. On faisait nos devoirs ou on dessinait, ça dépendait des jours.

J'ai décidé de faire ma communion, mais pas forcément de croire en Dieu, en tout cas avec des doutes. Lors de mes premiers cours de religion, ainsi qu'au catéchisme,

* Écrivain, éditorialiste et critique littéraire espagnol, né en 1970. Traditionaliste, proche de l'Église catholique, antilibéral et antipuritain.

je n'arrêtais pas de demander à Montse et à Dolores, qui était ma catéchiste, pourquoi il y avait de la pauvreté si Dieu existait, pourquoi ne nous avait-il pas créés parfaits, pourquoi on faisait caca, pipi ou la guerre, pourquoi il y avait des gens sans bras, comme tante Vanessa, la sœur cadette de ma mère, qui était née manchote et du coup le placenta de grand-mère María Solo n'était pas sorti quand elle avait vu ça. La Création, tu parles d'une mauvaise blague puisqu'il existait la douleur, le chagrin et la mort.

Patientes, elles répondaient comme elles pouvaient à mes questions, avec l'espoir sans doute qu'un jour je n'en poserais plus, évitant de penser que Lucifer avait déjà réfléchi à ce problème et qu'un tiers des anges étaient de son côté. Au bout du compte, j'étais la fille convertie d'un athée monothéiste (car si mon père n'était pas athée, il croyait avec ferveur à l'athéisme). Une gamine qui avait entendu l'appel de Dieu en dépit de tout. C'était ce qu'elles pensaient, je suppose. Des années plus tard, elles m'ont raconté qu'elles avaient découvert une de mes petites cousines en train de prier en cachette dans sa chambre, à cinq ans à peine, les genoux cloués au sol, les mains jointes, « pour que papa ne la voie pas, car papa n'aime pas qu'elle prie ».

Moi, je ne priais pas mais j'allais à la messe en cachette. J'ai commencé deux ans avant de faire ma communion, à sept ans. Il y avait une cinquantaine de mètres entre chez moi et la porte de l'église d'Ontígola, que don

Gumersindo, le curé, fermait tous les soirs sans savoir que je l'espionnais de la fenêtre de ma chambre. J'observais aussi les vieilles qui venaient à la messe de 19 heures en semaine, et les familles qui assistaient à celle de midi le dimanche. Jusqu'au jour où j'ai dit à Ana Mari que j'allais jouer à la fontaine, où je tuais le temps en tapant dans un ballon contre le mur. Mais en réalité je suis allée à la messe.

Je me suis assise sur un banc au fond, dans un petit coin, au cas où j'aurais dû partir soudain en courant, et, lorsque don Gumersindo a commencé à distribuer les hosties, je me suis mise dans la file avec les vieilles. Quand ç'a été mon tour, il n'a fait aucun commentaire et a posé l'hostie sur ma langue car je n'ai pas tendu la main. Certaines femmes tendaient la main, d'autres avançaient la mâchoire. Il m'a semblé que tendre la main n'était pas une façon digne d'avaler pour la première fois le corps du Christ. J'ai cru d'abord que ça s'était collé à mon palais et que ça ne se décollerait jamais. J'allais devoir apprendre à vivre avec le corps du Christ dans le haut de ma bouche : comment allais-je le cacher à Ana Mari et à mon père, surtout à mon père ? Ensuite, j'ai trouvé que le corps du Christ sentait les billets de mille pesetas de Natalia, la dame qui tenait le kiosque à friandises sur la plaza Mayor, juste en face de l'église. Enfin, conséquence de la réflexion précédente, j'ai eu l'impression de comprendre pourquoi Ana Mari passait son temps à dire qu'« elle croyait en Dieu, mais pas à l'Église, parce que seul l'argent intéresse l'Église, ce sont des pharisiens et si Jésus revenait il fermerait l'open bar ». Normal. Ils faisaient passer les billets de mille pesetas de Natalia pour son corps découpé en petits morceaux.

J'en ai conclu, comme toutes les fois suivantes où je suis allée à la messe, y compris celles où j'ai emmené Cynthia, que don Gumersindo était persuadé que j'avais fait ma communion car les enfants d'Ontígola la faisaient avant ceux d'Aranjuez. C'était pour ça qu'il me laissait communier. Et puisqu'il ne connaissait pas Cynthia, ce n'était pas dangereux de l'emmener. En revanche, qu'il puisse trouver étrange qu'une fillette vienne seule à la messe ne me venait pas à l'esprit.

J'aimais les sermons de don Gumersindo, même si parfois il me faisait peur et je pensais que c'était la raison pour laquelle mon père ne croyait pas en Dieu. À d'autres moments, c'était beau, c'était comme être chez soi, ça expliquait que grand-mère María Solo soit croyante : en tant que foraine, c'était sa seule maison, Dieu était bon comme personne, Il nous aimait plus que personne et pardonnait toujours à tous, comme elle.

À la messe j'aimais imiter les vieilles, faire le signe de croix avec l'eau du bénitier en entrant dans l'église, m'asseoir et fermer les yeux, sentir mes poumons se remplir d'encens, me lever quand on me disait qu'il fallait se lever et m'asseoir quand on me disait qu'il fallait s'asseoir. Malgré mes doutes, à l'âge de neuf ans j'ai décidé de croire avec ferveur aux rituels. J'aimais aussi avoir ce secret en moi lorsque je rentrais à la maison, ne pouvoir raconter à personne où j'étais allée : la messe était également un rituel, celui du silence. À personne, sauf à Cynthia à qui, le premier week-end où elle est restée dormir chez moi, j'ai raconté que j'étais une hérétique de l'athéisme monothéiste.

Cynthia et moi, on s'est connues à l'école primaire, la première année, quand je suis passée de Virgen del Rosario, à Ontígola, à Vicente Aleixandre, à Aranjuez. Elle était toujours allée à Vicente Aleixandre. À l'école, on ne se fréquentait pas beaucoup, elle traînait avec Samuel, Sagrario et Daniel Vergara, qui étaient de son quartier, El hoyo. Lorsqu'il y avait des travaux à El hoyo, les gitans volaient l'essence des pelleteuses et des bulldozers, me racontait Cynthia. Des années plus tard, le jour du combat entre Mayweather et McGregor, un voisin a apporté sa télé à la gloriette, l'épicentre du quartier, l'esplanade autour de laquelle étaient disposés les dizaines de blocs de logements sociaux d'El hoyo, pour le regarder avec trois ou quatre copains. Je le sais, j'étais là : depuis l'âge de sept ans, je n'ai jamais cessé d'aller chez Cynthia et Cynthia n'a jamais cessé de venir chez moi.

C'est compliqué d'expliquer qui est Cynthia pour moi. Dire que c'est mon amie n'est ni tout à fait vrai, ni tout à fait juste. Au collège, en cinquième, j'ai rêvé une nuit que j'entrais dans un bar et qu'en sortant je tombais sur Cynthia enfant, quand elle avait sept ans, avec ses cheveux si lisses et si blonds, ses grands yeux. Je devais lui expliquer qui j'étais et ce qu'elle allait devenir pour moi, ce que nous allions devenir ensemble. J'y pense encore parfois, je me demande ce que je lui dirais, comment je lui expliquerais la mimésis, l'amitié, ce que signifiait partager la vie de Cynthia enfant.

Un jour, cet été, nous sommes allées nous occuper de Melón, le chat de Jaime, un de nos camarades de classe qui était en vacances. Cynthia m'a dit qu'il fallait qu'elle me parle d'un truc auquel elle avait pensé pendant la semaine. Je lui ai répondu que moi aussi j'avais quelque chose en tête. « Toi d'abord », m'a-t-elle priée. Avec un peu d'appréhension, je lui ai raconté qu'on avait peut-être fini par se ressembler sur un mauvais plan. Parce que moi, ce que je voulais, c'était être « un peu femme trophée ». Je crois qu'en réalité je ne voulais pas dire femme trophée, mais femme au foyer. J'ose tout avouer à Cynthia, même mes pensées les plus sombres, celles que je ne suis pas capable de verbaliser pour moi.

Elle a ouvert grand les yeux, même si elle les écarquille toujours beaucoup, et m'a dit qu'elle pensait exactement pareil. Mais selon elle il y avait un inconvénient : la dépendance économique. On a alors parlé de la poudre de perlimpinpin qu'on nous avait vendue avec l'intégration des femmes sur le marché du travail comme unique voie d'émancipation. On n'aurait peut-être pas dû réclamer de travailler aussi, nous les femmes, en échange d'un salaire, mais exiger que les hommes travaillent moins. Qui manipulait les fils du progrès ? À qui ça profitait ? On aurait donné notre petit royaume pour une définition concrète et précise du terme.

À la fin, comme d'habitude, c'est parti dans tous les sens. On a attaqué le Satisfyer, qui est juste un moyen d'embrasser la précarité également sur le plan sexuel, de nous isoler au nom de notre liberté et de nous autonomiser au nom du sexe sans lendemain, du « bonobocapitalisme » (terme inventé par mon ami Gonzalo, qui est contre le porno, la masturbation et beaucoup de choses hors de sujet ici).

Nous en sommes arrivées à la question suivante : étions-nous en train d'essayer de démolir le mythe de l'amour romantique ? (Qui n'est pas un mythe, en réalité, puisque rien ne peut être créé du néant et qu'avant Blanche-Neige il y a eu Pénélope tissant et détissant). Non parce que c'était dangereux (c'est une possibilité, on ne le nie pas), mais parce que nous étions et sommes des médiocres, et les médiocres n'aiment rien éprouver qui aspire au sublime ou à l'épique. C'est pourquoi ils travaillent (nous travaillons) constamment à en étouffer la moindre lueur. À faire comme si tout ce qui leur était lié, comme l'amour romantique, n'aurait jamais dû exister. Ou pire encore : comme si ça n'avait jamais existé.

On en a conclu, extasiées, le chat de Jaime couché entre nous sur un canapé qui ne nous appartenait pas, qu'on avait envie d'avoir des enfants et de pouvoir les élever, de ne pas payer quelqu'un d'autre plusieurs centaines d'euros par mois pour le faire. Pour plaire, les hommes doivent *faire*, mais nous, il nous suffit d'*être*, et il est possible que toutes les femmes adorent un fasciste, comme l'a écrit Sylvia Plath, qui se demandait aussi s'il n'était pas préférable de « s'abandonner aux cycles faciles de la reproduction et de la présence confortable et rassurante d'un homme à la maison ». Combien de temps les féministes auraient-elles mis à l'envoyer au bûcher ? On a parlé de ça et de plein d'autres sujets. Si cela avait été filmé et diffusé sur Twitter, ou simplement exprimé en présence du reste de nos amies, on aurait eu pas mal de problèmes.

Au collège, Cynthia et moi, on n'avait pas encore les mêmes amies. Inés, Sara et Tamara sont arrivées après, au lycée. Au collège, je traînais avec Sofía et Lucía du lundi au vendredi, mais les week-ends étaient pour Cynthia, depuis qu'un matin on s'était croisées sur la place de la Constitución, à Aranjuez. Elle était avec sa mère, Pepa, et moi avec Ana Mari. Je venais d'essayer une robe de communion. Mon père n'était pas là car il était furieux depuis le jour où j'avais décidé de faire ma communion et l'est resté jusqu'au jour où je l'ai faite, probablement aussi les jours suivants. Je suis sûre qu'il se met encore en rogne chaque fois qu'il s'en souvient et aussi quand il se rappelle qu'il a fallu me baptiser quelques semaines avant. Tout le monde pensait que c'était mon frère, un bébé, qui allait être baptisé, mais soudain je m'étais avancée vers les fonts baptismaux et toute l'église est restée médusée.

Pour Ana Mari, c'était moins grave que je fasse ma communion. Grand-mère María Solo l'aurait voulu, et elle, elle « croyait en Dieu, mais pas à l'Église », et à « Jésus-Christ, un personnage historique qui a changé le cours des choses ». Grand-mère María Solo reprochait souvent à mes parents de ne pas m'avoir fait baptiser. Elle m'emmenait voir les processions pendant la Semaine sainte, enveloppée dans un manteau en fourrure de loutre dont j'ai hérité beaucoup d'années plus tard, plus de dix ans après sa mort. Quand j'ai mis les mains dans les poches pour l'essayer, j'ai senti quelque chose : c'était un sac de pop-corn à moitié entamé. Je l'ai imaginée à une feria, invitant les enfants à s'approcher du stand (« on touche avec les yeux ! »), ou les derniers jours à l'hôpital, mangeant du pop-corn dont elle faisait tomber les miettes sur les poils des pauvres loutres de sa fourrure.

Le jour où on les a rencontrées sur la place de la Constitución, Ana Mari a raconté à Pepa que j'avais décidé de faire ma communion et que mon père était super contrarié. Cynthia avait une trottinette. Je lui ai dit que j'en avais une aussi, et que le seul avantage d'Ontígola c'était qu'on pouvait y patiner mieux qu'à Aranjuez car il n'y avait pas de voitures. Je l'ai invitée chez moi. C'est la première fois, au cours de ces vingt années, que l'on a dormi ensemble, et quand on est arrivées à la maison je lui ai annoncé que le lendemain on irait à la messe pour communier. En guise de réponse, elle m'a lancé le même regard que sur le canapé de Jaime, mais avec des yeux d'enfant, et ne m'a pas posé de questions. Je ne lui en posais pas non plus quand elle mettait chez elle la cassette de *Sí al amor* de Lina Morgan. Sa seule inquiétude, c'était ce qu'on ferait si on nous attrapait, car les enfants qui n'avaient pas fait leur communion ne pouvaient pas communier. J'ai répondu qu'on ne nous attraperait pas, don Gumersindo pensait que je l'avais faite puisque les enfants d'Ontígola la faisaient un an avant ceux d'Aranjuez. Et on ne s'est pas fait choper.

Cynthia a été la seule de mes amies que j'ai invitée à ma communion. Elle ne voulait pas faire la sienne, même si elle assistait au cours de religion, parce que ça coûtait trop cher. La cérémonie a eu lieu à l'église de San Antonio, en face des Jardins de l'Île d'Aranjuez, et le repas à Ontígola, chez Litri, le café où se retrouvaient les hommes du village après la chasse avec les lévriers. Ils portaient des tenues paramilitaires et posaient par terre les lièvres morts entre les cure-dents, les serviettes en papier et les mégots.

Chez Litri il y avait toujours Chichi, l'idiot du village, un homme très brun, avec des cheveux très gras et des problèmes de diction. À Ontígola on racontait que, quand il allait au bordel, les prostituées lui nouaient une serviette autour du membre pour le retenir parce qu'il pouvait remplir un verre de rhum-Coca, et malgré la serviette il n'était pas loin d'y arriver. On disait aussi qu'il fricotait avec Vanesa la Moustachue, son équivalente féminine, et chaque fois que je la voyais au parc ou sur la place je me demandais si elle lui avait noué la serviette autour du membre, j'étais au courant de toute cette histoire depuis toute petite. Savoir depuis toute petite que Chichi en a une grosse et qu'il fricote avec Vanesa la Moustachue, c'est être d'un village, ça aussi, grandir dans un village d'un millier d'habitants. Pas seulement vivre au grand air, dire bonjour à tout le monde, sortir faire de la trottinette et revenir à la tombée de la nuit.

En plus du bar où les chasseurs posaient leurs lièvres morts par terre, Litri avait aussi des salles décorées de tableaux de ses ancêtres d'Ontígola, avec un four pour faire rôtir les cochons de lait et quelques tables très sombres avec des nappes en papier. C'est là qu'on a célébré ma communion. Cynthia s'est assise avec mes cousins, entre Pablo et Pedro. Aucun d'eux, à l'exception de Marta et Rubén, n'était baptisé ni n'avait fait sa communion : c'étaient des Simón. Du côté de ma mère, il n'y avait que mon cousin David ; Eva et Marina sont arrivées après.

Pablo et María, les enfants de tante Ana Rosa et oncle Pablo, possédaient cependant dans la cour de mes grands-parents, sous leur appartement, un char de procession miniature en bois. C'était mon oncle qui l'avait fabriqué dans son atelier. Pablo et María l'avaient décoré avec du spray. Ils avaient peint la croix en orange fluo, la plateforme et le socle en jaune, également fluo, et quand on se retrouvait le dimanche chez mes grands-parents on organisait parfois des processions.

Isabel ou María, qui étaient alors les plus petites de mes cousines, montaient sur le char et faisaient Jésus-Christ, les bras en croix, les yeux levés au ciel. Mario, Manuel, Alberto et Marta, certains des plus âgés, étaient les porteurs. Nous, les autres, les Nazaréens, portions des rameaux de petit bois ou un cabas attaché avec du fil d'agave pour faire la grosse caisse, et on sortait en procession. On ne pouvait pas rivaliser avec Alberto, le fils de Tere, la voisine : lui, il avait un saint en bois sombre, noble et verni, alors que le nôtre était décoré au spray Pintyplus. En plus, il ne mettait pas María ou Isabel sur la croix pour faire Jésus, mais un poupon Nenuco sur lequel il avait peint du sang, et il décorait son char avec de vraies fleurs, des marguerites, des coquelicots et des chutes de tissu que lui donnait sa mère. Mais on faisait ce qu'on pouvait. Et bien qu'enfants, tous, de l'athéisme monothéiste, personne ne nous disait rien, car, si on n'avait pas le droit de croire en Dieu, on pouvait croire aux rituels. En fin de compte, c'est ça jouer. Croire, toujours, aux rituels.

JÉSUS-CHRIST FUT LE PREMIER COMMUNISTE

Mon père est communiste parce que mon grand-père est communiste et que mon arrière-grand-père est mort en exil en France parce qu'il était communiste. Il est parti là-bas après s'être échappé de la prison de Valdenoceda, à Burgos. Cet exil, ainsi que les années que mon grand-père a passées à écouter Radio Comunista, la radio du Parti au village, à labourer en plein soleil, à travailler en Allemagne dans les années 1970 pour envoyer de l'argent à ses huit enfants et à sa femme, ma grand-mère, et à recevoir *Mundo Obrero* en cachette, ont marqué à jamais la lignée des Simón. À peine savait-il parler que mon cousin Sergio, celui qui dort dans un lit superposé et *arriba España*, n'arrêtait pas de répéter que « l'Espagne serait républicaine demain et, si elle était intelligente, communiste ». Je me risquerais à dire que nous, les Simón, possédons tous, au minimum, une photo avec « le truc du poing », comme dit Carolina du haut de ses cinq ans lorsqu'on lui dit de lever le poing droit.

Quand j'étais petite, mon père me racontait qu'enfant don Leonidio le frappait avec la règle à l'école, le lundi, pour ne pas être allé à la messe le dimanche, et qu'on l'obligeait à chanter *Cara al Sol* tous les jours dans la cour. Il finissait toujours par me le chanter ensuite, remplaçant « en rouge » par « rouge », c'est-à-dire qu'au lieu de « Visage au Soleil avec la chemise neuve / que tu as brodée en rouge hier », j'ai cru (jusqu'à vingt ans bien tapés) que les paroles étaient « Visage au Soleil avec la chemise neuve / que tu as brodée, Rouge, hier* ». Enfant, et pendant des années, quand j'écoutais cette chanson, j'imaginais des centaines de prisonniers politiques comme mon arrière-grand-père brodant des jougs et des flèches, et lorsque je la fredonnais dans ma tête (au bout du compte, à force de me la chanter, mon père avait réussi malgré lui à me la faire apprendre), je détournais les paroles.

Au collège, en sixième, j'ai aussi appris *Primavera*, hymne de la Division bleue**. María, la punkette de ma classe, me faisait écouter la version d'Estirpe Imperial*** sur son MP3, je ne sais pas très bien pourquoi, mais

* Détournement de l'hymne phalangiste en hymne communiste.

** Corps de 17 692 volontaires espagnols créé en juin 1941 par Franco et mis à la disposition de la Wehrmacht de l'Allemagne nazie.

*** Groupe de metal patriotique espagnol.

je trouvais très beau qu'un ange galope à cheval avec panache et courage et qu'on chante une chanson à une patrie dont on avait la nostalgie depuis la Russie lointaine et glaciale. Une des discussions que j'avais souvent, adolescente, avec mon père, c'était pourquoi nous, les ouvriers, on ne pouvait pas avoir de patrie. Il me répondait qu'il avait plus de valeurs communes avec un facteur français ou allemand qu'avec Emilio Botín*. Mais pourquoi avait-on l'impression que les communistes ne pouvaient pas prononcer le mot Espagne sans rougir aussitôt ? Il ne me répondait pas, ou par l'éternelle question : c'est quoi l'Espagne ? L'Espagne, je répliquais, c'était précisément cette question. Il n'y avait rien de plus espagnol que de se demander ce qu'était l'Espagne et ce que sont les Espagnols, voire si ça existe, si nous existons.

Pendant mes années de collège, mon père déposait des coupures de journaux dans ma chambre et je laissais dans la sienne des lettres qui parlaient de ce que j'appelais « le régime castriste » et lui « la révolution cubaine ». On passait sous silence les liens entre Fidel et la Phalange, tout comme les trois jours de deuil national décrétés à Cuba à la mort de Franco. Une autre de nos disputes portait sur ce que je considérais comme les symboles nationaux auxquels il fallait redonner du sens (« la patrie ou la mort,

* Marquis consort, homme d'affaires espagnol, président de la banque Santander (1934-2014).

papa, c'est ce que dit ta révolution »). Il estimait qu'il s'agissait seulement de « bouts de chiffon qui servent juste à nous séparer », ajoutant : « Comment pourrait-on leur redonner du sens puisque ceux qui ont forcé ton grand-père à s'exiler se qualifient de nationaux et font flotter ce même drapeau ? »

Des années plus tard, on en est toujours là. La différence, c'est que j'ai un peu plus de souplesse depuis qu'il m'a raconté qu'à l'école son instituteur, don Leonidio (celui qui le frappait avec la règle le lundi), lui avait dit que, si son grand-père était exilé en France, c'était parce qu'il avait choisi le camp des « mauvais Espagnols ». Mon père, qui était un enfant, l'avait cru, et ça, aucun argument, aucune théorie, ne peut le justifier. Quand je lui ai envoyé sur WhatsApp l'affiche de présentation du livre *Disputar las banderas : los comunistas, España y las cuestiones nacionales*, de Diego Díaz Alonso*, il m'a répondu ceci :

> [18:09, 1/10/2019] Aa Papa : Iris, ton arrière-grand-père a écrit une lettre à ton grand-père en 1975, dans laquelle il se plaignait d'être exilé loin de sa PATRIE. Littéralement. Je l'ai lue à l'âge de 8 ou 9 ans et ça m'a serré le cœur. Mon grand-père, communiste, républicain, victime de représailles, qui avait perdu

* « La querelle des drapeaux : les communistes, l'Espagne et les questions nationales », livre non traduit en français.

la guerre et parlait de PATRIE, patrie espagnole ! L'histoire, on la raconte, nous, sinon les autres le font. Histoire imaginaire, peut-être. Traite-moi de sceptique. Mais je doute de ça aussi. Seuls ceux, comme vous, qui savent écrire croient à l'imaginaire. Nous, les autres, on l'oublie.

Des années plus tard, j'ai considéré que c'était un match de gagné, même si c'était un petit 1-0 et pas une victoire éclatante. Mon frère, qui est aussi sur le groupe WhatsApp, n'a fait aucun commentaire. Il a l'habitude de débattre avec mon père sur des questions historiographiques, car mon père lit Insúa, Eslava Galán et Roca Barea, et affirme que le dessin animé *La Route d'Eldorado*, qu'il nous a acheté quand Javi avait six ans et moi seize, c'est de la légende noire* : si Martín Cortés, qui était le fils d'une Malinche, fut ordonné chevalier de l'Ordre de Santiago, c'est qu'on n'a pas pu faire autant de mal, alors que les Anglais, eux... Javi se marre et hoche la tête. Mais parfois il s'énerve, comme le jour où mon père a dit que ce ne fut pas un génocide (« ils les ont fait travailler et certains sont morts »), en plaisantant à moitié, avec Anabel, qui est sa copine et est dominicaine, à ses côtés.

La première fois que j'ai voté, aux européennes de 2009, cinq jours après avoir eu dix-huit ans et deux avant le bac, c'est aussi la première fois que mon père a demandé à mon frère ce qu'il voterait à sa place. Javi avait alors huit ans. Il est né en 2000, quatre ans après que ma mère a fait une fausse couche et que mon père m'a montré le fœtus dans le bocal, et le jour de sa naissance a été le plus beau de ma vie. J'avais neuf ans. Tante Arantxa, la deuxième sœur cadette de ma mère, qui était pour moi une amazone parce qu'elle était monitrice chez les scouts (raison pour laquelle je suis devenue scoute), était venue s'occuper de moi à Ontígola pendant que mes parents étaient à la maternité.

Alors que j'allais prendre le bus pour l'école, mon père est arrivé avec la Clio, qui a succédé à la Lada quand celle-ci a été envoyée à la casse, et m'a dit de rester là : je

* On appelle légende noire espagnole une perception négative de l'histoire de l'Espagne, associant le pays avec le fanatisme religieux, l'obscurantisme et l'intolérance.

n'irais pas en classe, il venait me chercher pour m'amener à l'hôpital 12 de Octubre faire la connaissance de Javi. J'ai pensé que Javi était né à Madrid et qu'il ne serait pas obligé de mentir comme moi, qui prétendais toujours être née à Madrid parce que j'avais honte de Campo de Criptana qui figurait sur ma carte d'identité.

Quand je l'ai pris dans mes bras, je me suis aperçue qu'il avait un tas de petits poils blonds dans les oreilles, et on aurait dit qu'il avait fait des haltères dans le ventre d'Ana Mari parce qu'il avait les bras très musclés. J'ai aussi compris que je n'aimerais jamais personne plus que lui, je n'aimerais jamais personne plus que Javi. Comment était-ce possible alors que je venais de découvrir son visage et qu'on venait de faire connaissance ? Au cours des mois qui ont précédé sa naissance j'avais été très nerveuse, et j'ai eu deux 5, l'un en culture générale, l'autre en maths. J'ai beaucoup pleuré. Marcial, le gardien de l'école, m'a consolée et raccompagnée jusqu'à la sortie, avec mes deux contrôles, mes deux 5 à la main. Il les a donnés à mon père et j'ai pleuré encore plus. Marcial a dit à mon père de ne pas s'inquiéter, c'est juste que j'étais très nerveuse parce que mon petit frère allait naître. C'était ce que je lui avais dit quand il m'avait demandé pourquoi je pleurais.

Mon père emmenait Javi au siège du Parti. On lui apprenait à réciter Lorca, Hernández et Marcos Ana et à chanter *L'Internationale* et à répéter que si beaucoup d'enfants mouraient de faim dans le monde et qu'il fallait se battre pour eux, aucun n'était cubain. C'est lui qui fut chargé de remettre à Concha Carretero* (la quatorzième rose, qui ne fut pas fusillée comme ses treize camarades) un bouquet de fleurs lors de l'hommage qui lui fut rendu au siège du PCE d'Aranjuez. Lui qui fut chargé de voter à la place de mon père de huit à dix-huit ans, âge auquel il put voter lui-même. La première fois où il le fit en son nom et non plus au nom de mon père, il vota pour Errejón** et fut accusé de trahison, comme lorsqu'à dix-sept ans il était entré aux Jeunesses libertaires, nous expliquant en riant de ne pas « nous angoisser », c'était juste « pour tuer le père ».

Cependant, la première fois qu'il vota, à huit ans, il choisit le bulletin du Parti communiste, bien entendu. C'était un geste symbolique : toutes ces après-midi passées au siège n'avaient pas été vaines. Javi appelait tous les membres du parti camarades, comme il fallait. Camarade Rafa, camarade René (qui était très beau), camarade Kadhafi (qui s'appelait Ángel mais ressemblait beaucoup à Kadhafi, sans amazones autour de lui). Moi, je ne trouvais pas ça bien du tout, même si ça me faisait beaucoup rire. J'accusais parfois mon père d'endoctrinement. À d'autres moments, ça m'amusait. Javi avait des allures de pionnier,

* Militante communiste espagnole antifranquiste (1918-2014), condamnée à mort avec treize de ses compagnes et quarante-trois de ses compagnons des Jeunesses socialistes unifiées, exécutés en 1939. Elle subit un simulacre d'exécution et passa onze mois en prison.

** Homme politique espagnol, numéro 2 de Podemos jusqu'en 2017 puis fondateur d'un parti concurrent en 2019.

il avait eu le droit de vote à l'école primaire et en réalité j'étais d'accord avec mon père : il faut enseigner à nos enfants le meilleur de nous-mêmes, et le meilleur de mon père, selon lui, c'était la conscience de classe.

Ana Mari ne lui a jamais reproché d'inculquer à Javi que la socialisation des moyens de production était la seule solution, mais elle n'était pas communiste. Elle était de l'école du réalisme magique, car ma grand-mère María Solo était de l'école du réalisme magique et mon arrière-grand-mère aussi. Et de l'école du bon sens. Elle me disait toujours, quand on prenait notre bain ensemble (parce que Ana Mari faisait toujours des déclarations importantes quand on prenait notre bain ensemble), que la haine de mon père pour le christianisme était infondée puisque Jésus-Christ avait été le premier communiste. Ana Mari nue, me lavant les cheveux, théologienne de la libération. Parfois elle me chantait dans la baignoire « Escuela de calor », parfois « Me quedo contigo ». Quand je lui demandais pourquoi elle avait des vergetures sur le ventre et qu'elle me répondait que c'était à cause de sa grossesse, je me sentais coupable car le reste de son corps, je trouvais, était tellement beau qu'il ne méritait pas ces marques.

Ana Mari aimait José Bono, qui fut pendant des décennies le Tomás Guitarte* de La Mancha, replaçant la

* Homme politique espagnol né en 1961, unique député d'un mouvement citoyen espagnol de la province de Teruel, fondé en 1999 à partir de plusieurs plateformes.

région sur la carte de l'Espagne et permettant aux enfants manchegos d'avoir des livres gratuitement, ainsi qu'aux vieux Manchegos une meilleure santé. Le jour où il vint à Ontígola inaugurer la nouvelle mairie, Ana Mari se fit prendre en photo accrochée à son bras, l'appelant Pepe, Pepe Bono, comme s'ils étaient devenus amis.

Ana Mari me racontait que sa grand-mère, mon arrière-grand-mère, aimait Adolfo Suárez* parce qu'il était très beau. Malgré l'avènement de la démocratie, elle continuait d'avoir peur des avions car, dans sa jeunesse, chaque fois qu'elle en voyait passer un, elle devait courir au cimetière, le seul endroit du village à l'abri des bombes. C'est pour cela aussi qu'elle aimait Adolfo Suárez, il lui avait permis d'avoir moins peur. Son mari, le grand-père de ma mère, avait rejoint le camp républicain, et le frère de son mari, le grand-oncle de ma mère, le camp nationaliste. Ana Mari me racontait ça aussi. C'était pourquoi, me disait-elle, sa famille n'était « ni d'un côté ni de l'autre ».

Ana Mari avait un oncle missionnaire, un des frères de mon grand-père Gregorio, qui était mort au Nicaragua d'une hépatite. À Criptana la rumeur avait couru qu'il avait été mangé par les indigènes. Le premier réveillon de Noël qu'elle avait passé chez les Simón, dans la famille

* Homme d'État espagnol (1932-2014), président du gouvernement d'Espagne de 1976 à 1981. Héritier du franquisme, il dirigea la Transition démocratique.

de mon père (je n'étais pas encore née), oncle Hilario lui avait demandé si c'était vrai. À partir de là ils s'étaient très bien entendus car elle avait sûrement répondu oui. Hilario l'avait surnommée la bateleuse, en tant que foraine et fille de forains, fille des Bisutero.

En plus du missionnaire mort, Ana Mari avait aussi un oncle curé, Pepe Luis. Un 31 décembre, enfant, je lui ai chanté « si les curés mangeaient les petits cailloux de la rivière ils ne seraient pas aussi gros les enfoirés ». Oncle José Mari et tante Arantxa étaient écroulés de rire, c'était une chanson de Porretas et Evaristo qu'ils m'avaient apprise. Grand-mère María Solo s'était offusquée et les avait grondés : comment pouvez-vous apprendre une chose pareille à la petite ? Elle s'était excusée auprès de Pepe Luis qui, bien que piariste, ne devait pas manger de petits cailloux de la rivière car il avait un sacré bide et, au moment où je lui avais chanté la chanson, un tas impressionnant de carcasses de crevettes dans son assiette.

Comme on passait le réveillon de Noël avec les Simón, on passait celui du 31 décembre dans la famille d'Ana Mari, avec les Bisutero. Grand-mère María Solo avait une tradition : il fallait mettre dans sa coupe de champagne quelque chose en or, un anneau ou une boucle d'oreille, avant de trinquer et de boire. Il fallait aussi écrire trois vœux sur trois petits papiers puis les brûler dans un bol. J'ai grandi persuadée que toutes les familles catholiques faisaient ça, puisque ma grand-mère María Solo croyait beaucoup en Dieu. Je pensais aussi qu'on avait sept ans de malheur si on cassait un miroir et que si mes tantes faisaient la mayonnaise quand elles avaient leurs règles, la mayonnaise ne monterait pas.

Ma grand-mère chérie María Solo me racontait toujours l'histoire d'un de ses cousins qu'il avait fallu déterrer (elle ne me donnait pas la raison pour laquelle on avait dû le déterrer et je ne lui posais pas la question) et dont les ongles et les cheveux avaient poussé. Elle me parlait d'esprits, d'apparitions, d'âmes qui erraient à Castuera, l'endroit où elle était née même si sa maison était à Criptana et qu'elle vivait en réalité de feria en feria. Elle me disait aussi qu'elle m'apparaîtrait quand elle mourrait et que je ne devrais pas avoir peur parce qu'elle ne me ferait rien de mal, mais qu'Ana Mari ne me croirait pas « car Ana Mari est une incrédule ».

Lorsque la grenouille que mon frère Javi, alors âgé de cinq ans, avait ramenée après un week-end à Ávila dans une bouteille de Bezoya coupée est morte, il a beaucoup pleuré. Ma mère lui a dit de ne pas s'inquiéter : on allait lui organiser un enterrement pour que son âme monte au Ciel, comme le ferait quelques années plus tard le petit Renato pour sa perruche Chimuelo*. Javi, inconsolable, a accepté.

* Vidéo virale de l'enterrement de la perruche d'un enfant chilien, Renato Barrera, en 2019.

Ana Mari a inventé un rituel : elle est allée chercher le christ accroché au-dessus du lit de mes grands-parents et dont elle avait hérité à leur mort, ainsi que le cahier de son oncle missionnaire, qu'elle gardait dans le premier tiroir de sa commode. Elle a pris une rose séchée qu'il y avait dans la maison et tout aligné sur la table de la salle à manger, à côté de l'aquarium avec la grenouille morte. Puis elle a mis dans le lecteur un disque d'Ecos del Rocío avec le *Salve rociera*. Alors mon frère lui a demandé qui était la dame qui chantait si bien.

Ana Mari a répondu que c'était un groupe andalou, pas une dame, mais Javi a pointé le doigt devant lui et insisté : « Non, cette dame, là, qui chante si bien. Elle est habillée comme une bonne sœur mais sans le truc sur la tête. » Ana Mari ne voyait personne, mais elle a tout de suite compris que cette dame qui chantait si bien était sa grand-mère, la mère de ma grand-mère chérie María Solo. C'est-à-dire notre arrière-grand-mère, qui avait porté à la fin de sa vie l'habit religieux, mais sans le voile, en signe de deuil après la mort de son mari, notre arrière-grand-père. Javi et moi ne l'avions pas connue, et personne ne nous a jamais raconté qu'elle avait vécu ainsi ses derniers jours. On nous avait raconté qu'elle aimait beaucoup Alfonso Suárez parce qu'il était très beau, ainsi que l'histoire des bombes et du cimetière. Mais pas ça.

Ana Mari n'a pas eu peur. Du moins c'est ce qu'elle m'a dit quand elle m'en a parlé, comme si c'était parfaitement normal, comme quand on rencontre quelqu'un qu'on n'a pas vu depuis longtemps. Moi non plus je n'ai pas peur quand, chaque fois qu'il va m'arriver quelque chose de bien, je rêve de grand-mère María Solo. C'est sous cette forme qu'elle m'apparaît, en rêve, les jours qui précèdent une bonne nouvelle. Lorsque Ana Mari m'a raconté l'enterrement de la grenouille avec cette dame qui chantait si bien et s'avérait être notre arrière-grand-mère, je lui ai avoué mes rêves. Et elle m'a crue, grand-mère chérie. Elle m'a crue.

PATRIE, ORIGINE, LIGNÉE

FERIA

Mon moment préféré de la feria, c'était l'après-midi. Les stands commençaient à ouvrir, et le bruit métallique des serrures se mélangeait aux premiers cris du gars de la tombola, « une autre poupée chochona*, et encore une ; vous voulez la chochona ? On vous la donne ». Chiffon à la main et cigarette au bec, mon grand-père Gregorio dépoussiérait les services à thé en plastique ou les poupées, tout en donnant des conseils à un enfant, sans ôter la Bisonte** de sa bouche : « Pleure un peu, mon bonhomme ; pleure, sinon ils ne t'achèteront rien. »

Les lumières des manèges s'allumaient même si ce n'était pas nécessaire, il faisait encore jour. Les forains qui vendaient des aubergines d'Almagro installaient

* Poupée typique qu'on gagnait dans les tombolas des années 1980 en Espagne, visage hilare très maquillé, cheveux multicolores, vêtements colorés.

** Marque espagnole de cigarettes.

leurs pots, et celui de Torre del Campo, avec son stand de biscuits apéritifs et de sucreries, ouvrait les robinets pour asperger d'une pluie fine ses morceaux de noix de coco. Alors moi, qui empestais l'eau de Cologne, car ma grand-mère María Solo préférait me coiffer avec de l'eau de Cologne plutôt qu'avec de l'eau, je sentais que j'étais de là, la feria m'appartenait et j'appartenais à la feria. Je savais comment elle démarrait, comment elle était quand personne ne la voyait. C'est toujours comme ça, je suppose : pour sentir qu'on appartient à quelque chose ou à quelqu'un, ou que quelque chose ou quelqu'un nous appartient, il faut connaître l'envers du décor.

Comme il n'y avait pas grand monde encore, je pouvais aller toute seule à l'aire de jeux pour enfants, mon attraction préférée, sorte de portique avec une piscine à balles d'un côté, une barre de pompiers de l'autre et un sol matelassé en plastique qui parfois, à cette heure de l'après-midi, était brûlant. Ça sentait toujours un peu les pieds parce qu'il fallait retirer ses chaussures à l'entrée. L'été où on m'a offert des baskets en velours bleu avec de très grosses semelles compensées, qui me semblaient des chaussures d'adulte, je passais les quinze minutes, entre le moment où j'entrais sur l'aire de jeux et celui où le gérant donnait un coup de sifflet pour signifier la fin du temps imparti, à les surveiller du coin de l'œil, tandis que je m'élançais sur les toboggans ou m'accrochais aux cordes. Aujourd'hui, quand je fais un tour à une feria, je prête toujours attention aux aires de jeux, qui n'ont plus aucun sens : depuis des décennies, on en trouve dans chaque village et dans chaque ville, et je me dis heureusement que María Solo est morte avant qu'elles poussent partout comme des champignons.

C'est pourquoi mon moment préféré de la feria, c'était l'ouverture. J'ai toujours senti que j'étais arrivée trop tard, devinant que son éclat s'éteindrait bientôt, que le rotor et la chenille géante n'allaient pas tarder à rouiller. Les gens n'attendaient plus avec autant d'impatience San Lorenzo, ou la Vierge du Rosaire, ou n'importe quelle fête patronale, pour étrenner un nouveau vêtement et parader avec, mais pour partir en vacances, d'abord sur la côte est espagnole, puis dans une capitale européenne.

J'ai grandi en écoutant les histoires d'une feria qui n'existait plus, de villages qui accueillaient avec enthousiasme les cirques, les minizoos et le Bombero Torero, qui était un groupe de nains *recortadores**. Ana Mari possède une photo avec eux qui me ravissait, enfant, où ils sont tous habillés en rose. Mes oncles me racontaient que, quand ils étaient petits, grand-mère María Solo et grand-père Gregorio installaient un stand pour eux, à l'écart du stand principal ; Arantxa s'occupait de la pâte à slime phosphorescente, et Vanessa des coffrets-surprises

* Spectacle de comédie taurine populaire avec des nains, qu'on pouvait voir dans les arènes d'Espagne, de France et d'Amérique latine.

(Vanessa est la plus jeune sœur d'Ana Mari et ma tante préférée : elle n'a que neuf ans de plus que moi et a été comme la grande sœur que je n'ai jamais eue).

Quand Vanessa était petite, oncle José Mari et son cousin Juanma l'obligèrent à mendier sur un banc, à plusieurs ferias, parce que Vanessa avait, et elle a toujours, un demi-bras en moins. Elle est née comme ça même si, lorsqu'un enfant lui demande pourquoi il lui manque la moitié d'un bras, elle répond qu'il a été mangé par un requin. Elle n'a jamais voulu de prothèse, ni adulte, ni enfant. Raison pour laquelle oncle José Mari et Juanma pensèrent que les gens donneraient beaucoup d'argent à une petite mendiante manchote. Pas de chance : non seulement les gens ne donnèrent rien, mais grand-mère María Solo les prit sur le fait et leur passa un sacré savon : s'ils recommençaient, ils pouvaient dire adieu à la feria ; elle ne savait plus quoi faire d'eux, ils étaient infernaux. Rien qu'en les supportant, elle s'était déjà gagné sa place au paradis.

Aux ferias que j'ai connues il n'y avait plus de nains toreros ni de minizoos et je n'ai même pas eu droit à mon propre stand : le travail des enfants, comme l'exploitation animale et les saltimbanques souffrant d'achondroplasie, ça commençait à être mal vu dans les années 1990. En plus des ronds-points et des pavillons mitoyens avec des portes en bois clair et des supermarchés qui ne sentaient plus l'animal mort, le progrès a apporté une vague de cruauté, non pas au monde, mais à nos yeux, qui soudain se sont mis à voir des victimes qu'ils ne voyaient pas avant, et bienheureux les affligés, Matthieu, 5:4.

La seule fois que j'ai vu des animaux à la feria, c'est quand un manège de poneys est venu. Ma grand-mère a passé trois jours à les plaindre, « pauvres petites bêtes, tu te rends compte, avec la chaleur qu'il fait », à l'heure de la sieste. Ana Mari me parlait toujours de Tuta, Tota et Fatima, trois sœurs foraines qui étaient ses amies et possédaient un minizoo avec un singe très intelligent et même un boa. Mais, dans les ferias que j'ai connues, Tuta, Tota et Fatima avaient disparu, ainsi que leur boa et leur singe. C'est pour ça que j'ai toujours eu l'impression d'être arrivée trop tard.

J'ai aussi passé mon enfance à entendre, en plus des histoires de ferias qui n'existaient plus, grand-mère María Solo parler tout le temps d'argent et de « pièges », le mot qu'elle employait, elle qui était d'Estrémadure (« de Castuera, où celle qui n'est pas pute est marchande de touron, et nous, on est marchandes de touron »), pour parler de dettes. « On n'a que des pièges », « le jour où on meurt, on ne va vous laisser que des pièges ». Il n'y avait pas un jour sans qu'elle parle de ça, tout bas ou tout haut, avec grand-père Gregorio ou avec sa sœur Toñi qui, lorsque mes grands-parents étaient à la maison et non sur les ferias, l'automne et l'hiver, venait toujours lui rendre visite et jouer aux cartes le week-end.

La feria que je préférais, c'était celle de Criptana. La chaîne de télévision locale, Tele Criptana, interviewait parfois grand-père Gregorio, qui disait chaque année la même chose : la feria n'était plus comme avant parce que la vie était de plus en plus une feria. Il ne l'exprimait pas de cette façon, même si c'était la vérité, les petits chevaux, les pizzas, les barbes à papa, la consommation compulsive, les lumières de toutes les couleurs, le tumulte, l'allégresse, étaient devenus peu à peu la norme. Par conséquent, son métier et son stand de deux mètres sur dix plein de jouets et de bijoux fantaisie avaient de moins en moins de clients et de sens.

J'aimais également beaucoup la feria de Criptana parce que je retrouvais là-bas mes cousins paternels, les Simón. On allait manger un poulet chez Liendre ou des churros. J'étais comme chez moi. Je saluais Inés, une cousine de ma grand-mère qui avait un stand de touron (car nous étions de Castuera, mais marchandes de touron), Juanma, qui vendait des hamburgers, ou oncle Ángel, avec son stand de sacs, ceintures, bijoux fantaisie et jouets, comme mes grands-parents, mais très bon marché. La feria de Criptana, c'était chez moi. Mais quand un Simón, tante Ana Rosa ou ma cousine Marta me disaient que je tenais plus des Bisutero, que j'étais une sacrée Bisutero, ça m'énervait. J'entrevoyais une accusation, un reproche d'appartenir à ce à quoi j'ai mis des années à donner un nom : le lumpenprolétariat. Ce qu'ils me disaient, ce que je croyais enfant qu'ils me disaient de manière voilée en m'associant aux Bisutero, c'était que j'étais arriérée et vivais dans une grotte (façon, à Criptana, de vous traiter de gitan). Et moi, qui ne disais pas à l'école que je passais l'été de feria en feria, dormant dans le lit de grand-mère María Solo sur le stand, pour que mes camarades ne nous prennent pas pour des gitans ou des attardés, j'étais furieuse qu'ils me traitent de Bisutero. Même si je ne voulais être rien d'autre au monde : la petite-fille de ma grand-mère María Solo pour le gérant du baby, « la fille d'Ana Mari » pour celui des autos-tamponneuses. Bisutero, bijoux fantaisie, camelote.

Mais ça me rendait furieuse qu'ils me traitent ainsi parce que je croyais sentir une insulte derrière. Or, on n'était pas des attardés ni des gitans, pas plus mes grands-parents que mes tantes, et encore moins mon oncle José Mari, qui venait de terminer l'université, savait un tas de choses et avait un sweat bleu avec le logo de la Complutense*. Comment aurais-je pu expliquer ça à Ana Rosa, à ma cousine Marta ou à mes camarades de classe ? J'ai mis plus de vingt ans à dire que mes grands-parents étaient forains. Je racontais qu'ils vendaient des jouets, je ne précisais pas où, omettant d'ajouter qu'ils avaient un stand de deux mètres sur dix, pissaient dans une bassine quand les toilettes de la feria étaient loin, faisaient les

* Une des plus prestigieuses universités de Madrid.

marchés en automne et en hiver, les fêtes patronales au printemps et les ferias en été.

J'ai mis également plus de vingt ans à ne plus avoir honte qu'Ana Mari aime non seulement le flamenco pur, Lole y Manuel, Triana, mais aussi la rumba flamenca, Parrita, Los Chichos et Chiquetete. Elle prétend que c'est une des séquelles qui lui restent de la feria. De la même manière, oncle José Mari prétend que, s'il est insomniaque, c'est parce que on ne dort pas beaucoup sur les ferias et encore moins la nuit, avec le gars de la Tombola qui crie *avanti tuti a tuti jorobi* et les derniers ivrognes qui partent à pas d'heure. À la maison, Ana Mari mettait de la rumba quand elle faisait le ménage. Je baissais toujours le son dès qu'elle avait le dos tourné, même si j'aimais beaucoup qu'elle me chante « Turu turai », de Remedios Amaya, « Hola, mi amor », de Junco, ou « Del sur a Cataluña », de Tijeritas. Mais je ne voulais pas le reconnaître, ça ne collait pas du tout avec El Último de la Fila qu'écoutait mon père et qui me semblait beaucoup plus digne : il n'y avait pas d'orgue de Barbarie ni de T-shirt pelucheux.

Pareil avec Camela. Quand mes amis ont commencé à passer ses chansons dans les soirées, je n'arrivais pas à les reprendre en chœur, un verre de vodka Knebep du supermarché à la main. Lorsque vos parents vous emmènent au théâtre et au Reina Sofía le dimanche, ou simplement n'écoutent pas Camela depuis toujours en faisant le ménage, c'est très facile d'apprécier ce que vous considérez comme de la culture populaire : vous ne venez pas d'un village, pas de ce village. Mais quand on vous traite d'arriérée car vous débarquez d'un lieu où on n'entend que ça et où, surtout, on n'entend pas grand-chose d'autre, ça vous amuse beaucoup moins.

Des années plus tard, en 2000, ça m'a refait le coup avec le reggaeton. La première fois que j'en ai entendu, c'était aux fêtes d'Ontígola, et c'était « Papi chulo », de Lorna. Je portais un T-shirt orange des Super Nanas, j'avais onze ans et cette chanson est restée gravée dans ma mémoire en lettres de feu. *Mi Lorna a ti te encanta el mmm, que rico el mmm, sabroso mmm.* Ce son obsédant, ces paroles, qui donnent l'impression de baigner en permanence dans une ambiance sexuelle, et ces basses ne s'étaient pas encore transformés en une sorte d'esperanto musical.

La suite, on la connaît. Après les tubes « Lo que pasó, pasó », « Rakata » et « Agárrala, pégala, azótala » (ce que mon frère Javi a décidé d'appeler le reggaeton vintage car il a surgi en Espagne l'année où il est né) est arrivé le reggaeton responsable et responsabilisant, le reggaeton comme signe de pedigree, d'absence de classisme ou de racisme en particulier, et de préjugés en général. Bad Bunny est apparu comme une icône révolutionnaire sous prétexte qu'il se vernissait les ongles et s'habillait en fille dans une vidéo. L'histoire n'est rien que l'histoire de l'adamisme. Personne n'a semblé comprendre que ceux qui ont fait ça sont les mêmes qui ont adulé Tierno* pendant la Movida au nom de la contre-culture, mais aussi Odin et Achille, et tous nos pères qui, jeunes, se sont un jour déguisés en filles dans un carnaval ou au service militaire, avec les poils qui dépassaient des bas et deux ballons en guise de seins. À l'époque, se travestir en fille, ce n'était pas encore machiste. Aujourd'hui oui, sauf quand on est Bad Bunny.

Résultat de cette libération : cours de twerk, pose de faux ongles et squats pour grossir les fessiers. Et le reggaeton, qui était plouc et vulgaire, qu'on entendait dans les fêtes de village, où ceux qui voulaient se démarquer refusaient d'aller parce qu'on passait uniquement du reggaeton, est devenu l'attrait principal des festivals Primavera Sound et Sónar. On en entendait dans n'importe quel after et on le trouvait, sous forme versifiée, dans les recueils de poèmes de tous ceux qui désiraient être distingués précisément pour prôner l'absence de distinction, ne pas avoir de préjugés, valoriser la culture populaire, ignorant que l'addiction précoce à l'alcool, l'échec scolaire, les salles de jeu et de paris sportifs, c'est aussi populaire, et personne ne célèbre ça comme une part de la culture plébéienne. Dieu me pardonne de comparer Bad Bunny aux salles de jeu et de paris sportifs, même s'ils entrent pareillement

* Enrique Tierno Galván, opposant communiste à Franco puis maire de Madrid de 1979 à 1986, a beaucoup appuyé la Movida madrilène.

dans le petit carré d'en haut du diagramme de Nolan. Le libéralisme n'est pas seulement une doctrine économique, c'est aussi quelqu'un qui chante « être célibataire c'est à la mode / c'est pourquoi elle ne tombe pas amoureuse* », puisqu'on sait que l'amour est ringard et que la révolution sera de twerker au sol ou ne sera pas. Personnellement, j'aimerais bien savoir combien de banquiers ont été guillotinés après avoir failli briser le parquet en tortillant du cul jusqu'au sol ou feint de forniquer avec tout ce qui bouge. Le fait est que le plébéien et le populaire ne dérangent pas, pas plus qu'ils n'exaltent, à travers les grandes discographies et plateformes de la Silicon Valley, le popularisme. Machado, Hernández et Lorca sont également populaires et plébéiens, et mon grand-père Gregorio les récitait tous les trois. Mais personne ne pensait à mon grand-père récitant les trois poètes lorsqu'on se référait aux forains et aux ferias, et c'est pourquoi j'étais furieuse quand on me traitait de Bisutero.

C'est très facile de déclarer qu'on adore Parrita ou de porter des créoles quasiment de la taille d'un crâne quand on ne vous a jamais réduit à cela, quand on ne s'est jamais moqué de vous parce que vous venez d'un lieu où c'est la norme et le stigmate, et non un signe de statut idéologique, une déclaration d'intention : « Regardez

* « Estar soltera está de moda », chanson de Bad Bunny, Daddy Yankee et Lunay.

comme je ne suis pas classiste mais ouvert à ce que je considère populaire, à ce à quoi je réduis le populaire. » Très simple d'apprécier Jarfaiter et sa chanson « jeune violent / vit le moment / sang bouillant / sur ma 1800 j'ai foncé / l'aiguille est montée à 200 », quand on n'a eu aucun Jarfaiter dans sa classe au lycée, quand on ne s'est jamais inquiété pour le Roumain de sa classe, qu'on aime beaucoup et que j'appelle « le Roumain de ma classe » parce que tout le monde l'appelait comme ça, et non par son prénom. Un garçon qui était déjà allé en prison, conduisait à seize ans sans permis et se faisait casser le nez tous les week-ends sans beaucoup de raisons.

L'envers de la classe moyenne parvenue, de ces fauchés dont je fais partie (qui nous croyons moins fauchés parce que nous vivons en ville, nous habillons chez COS et possédons des plantes tropicales au lieu de géraniums pour avoir l'air moins provinciaux), c'est la lumpenbourgeoisie : les enfants des classes moyennes et supérieures qui, après avoir passé tous leurs étés en Irlande, avoir deux masters et un doctorat toujours en préparation à trente-trois ans, avoir vu un gitan pour la première fois à vingt-six quand ils sont allés chez Casa Patas* parce qu'ils se sont mis à aimer le flamenco avec l'album *Los Ángeles*, de Rosalía, traitent celui qui a grandi dans une HLM de classiste parce qu'il n'écoute

* Tablao flamenco du centre-ville de Madrid.

pas de reggaeton ; de machiste, ou d'adorateur du libéralisme, ou d'élitiste s'il n'aime pas Camela ; et d'ignare pour ne pas voir dans *Sálvame** et dans Jorge Javier le Katechon antifasciste. Rien de nouveau sous le soleil : les petits-bourgeois expliquent au peuple ce qu'est le peuple.

Dans les années 1990, la première, la classe moyenne parvenue, a commencé à exister grâce à des emprunts obtenus avec une facilité suspecte ; mais la seconde, la lumpenbourgeoisie, qui éprouve de la nostalgie pour une boue dans laquelle elle n'a jamais mis les pieds de sa vie, n'existait pas et on ne l'attendait pas. Oncle José Mari m'a raconté que lorsque est arrivée la mode du cinéma quinqui**, on s'est mis à les associer à ça, à voir les forains comme les personnages d'*El Lute* ou de *La Vaquilla****, comme des agents de la redistribution des richesses (mais plus adeptes des mauvais coups que de Marx). L'emmerdant, c'est que ces films étaient très populaires, et à partir des années 1980, on a associé les forains à la culture quinqui. Alors que, auparavant, les habitants de Criptana (d'après oncle José Mari, du moins) croyaient que mes grands-parents étaient riches parce

* *Sálvame*, émission de divertissement consacrée aux « people ». Suscitant de nombreuses polémiques, elle est qualifiée par ses détracteurs de « télé poubelle ».

** Genre cinématographique populaire sur la délinquance juvénile, très en vogue en Espagne dans les années 1980.

*** *El Lute, marche ou crève*, de Vicente Aranda, 1987 ; *La Vaquilla*, de Luis García Berlanga, 1985.

qu'ils avaient un stand rempli de jouets et s'habillaient différemment : grand-mère María Solo achetait leurs vêtements sur des marchés ici et là, et comme au village il n'y avait qu'un seul magasin de vêtements, tout le monte était habillé pareil ; tout le monde sauf eux, sauf Ana Mari et mes oncles, qui étaient l'*avant-garde* de Criptana, les modernes.

Avant *Navajeros* et *El Pico**, on traitait à l'école José Mari de bourge pour l'emmerder. J'imagine que c'était aussi parce que ni mes tantes, ni Ana Mari, ni lui n'avaient un accent manchego très prononcé. À Criptana, ceux qui prononcent les mots en détachant toutes les lettres, disent « *voy a acostarme*** » au lieu de « *voy a acostame* », ou ne traînent pas sur le *j* jusqu'à en avoir mal à la gorge, sont des bourges. Comment aurions-nous pu être des arriérés ?

Nous n'étions rien, juste des Bisutero, des nomades qui ne possédions que des « pièges », comme disait ma grand-mère. Une famille sans biens, ni racines, ni accent, mais qui connaissait la géographie nationale tout entière, et pas uniquement à travers des cartes routières. Une troupe errante qui savait et sait toujours reconnaître tous les dialectes du territoire, parce que depuis que grand-mère María Solo et grand-père Gregorio se sont rencontrés à la feria de Valdepeñas, elle âgée de dix-neuf ans, lui âgé

* Films majeurs du cinéma quinqui, d'Eloy de la Iglesia.

** « Je vais me coucher. »

de vingt-quatre ans, ils n'ont fait que deux choses : avoir des enfants et sillonner l'Espagne dans la fourgonnette SAVA qu'ils s'étaient achetée, débutant la saison en avril à la feria de Séville et la terminant en novembre avec celle de Balaguer, à Lleida.

À mesure que sont nés mes quatre oncles et Ana Mari, ils ont fait moins de ferias et plus de marchés et de fêtes patronales, car ils pouvaient les prendre avec eux l'été. Alors que, pendant l'année scolaire, les enfants devaient rester à Criptana avec Juanjo et Emilia, la sœur et le beau-frère de mon grand-père Gregorio, qui tenaient un magasin de linge et articles de maison, et un autre de bonbons, à côté. Ce dernier s'appelait El Capricho, mais mes cousins les Simón l'appelaient « La Bonica », car, chaque fois qu'on allait acheter des bonbons, Emilia demandait : « Que veux-tu, *bonico* ? », ou « Qu'est-ce qu'on prend aujourd'hui, *bonica** ? » Elle croyait beaucoup en Dieu et allait beaucoup à la messe. Dans sa boutique, fermée aujourd'hui car elle est à la retraite, elle avait une petite télé où on entendait souvent tout bas la messe sur la 2. Il y avait aussi une radio réglée sur Radio María.

En revanche, le magasin de bonbons d'Emilia, j'en parlais à l'école. Et je racontais aussi qu'elle me laissait parfois m'en occuper quand elle allait à la messe : alors

* Variante populaire, typique de La Mancha, du mot affectueux *bonito*, *bonita*, « mon joli, ma jolie ».

c'est moi qui tenais la caisse et rendais la monnaie, avec ma tête qui dépassait à peine du comptoir. Mais jusqu'à l'âge de vingt ans je n'ai jamais dit à personne que grand-père Gregorio avait commencé à faire les ferias, enfant, avec une souris, et qu'il avait construit une structure en bois avec des casiers, pour que les gens parient sur celui où allait entrer l'animal. Il y avait un piège, bien entendu : c'était lui qui dirigeait la souris avec un bâton badigeonné de fromage qu'il déplaçait sous la structure.

Il eut aussi, gamin, avec son frère Ángel, une oie qu'ils trimballaient de village en village. Il fallait lancer des cerceaux autour de son cou. Mais elle finit par mourir, la pauvre, car s'ils lui donnaient beaucoup à manger elle bougeait peu, à cause de son poids, et les gens réussissaient à tous les coups, c'était mauvais pour les affaires ; et s'ils ne la nourrissaient pas, elle ne bougeait pas non plus, à cause de la fatigue, et les gens réussissaient également à tous les coups. C'était insoluble. Chaque fois que mon grand-père racontait ça, grand-mère María Solo riait et on voyait qu'il lui manquait les dents du bas. Je pensais que c'était sûrement à cause des « pièges », et parce qu'elle était foraine. Mais ça ne changeait rien, même sans les dents du bas, c'était la plus belle grand-mère du monde, qui me coiffait avec de l'eau de Cologne et non avec de l'eau.

Petite, quand je pensais à mes grands-parents, les Bisutero, je songeais au marionnettiste de la chanson de

Serrat*, que mon père mettait dans la voiture, souvent en allant à une feria. Je voyais mes grands-parents, mes oncles et Ana Mari, non comme des arriérés ni des rustres, mais comme une race qui va de place en place, de feria en feria, toujours joyeuse, de village en village. Je les vois toujours comme ça aujourd'hui, mais aussi comme les vestiges d'une Espagne qui fut et n'est plus. Une Espagne où il y avait des minizoos et des nains toreros, où chantait Camela. Mais où il y avait aussi des récitants comme Waldo, l'ami de mon grand-père Gregorio, qui déclamait des romances et des coplas aux vers irréguliers au Teatro Chino de Manolita Chen**.

* « El Titiritero », de Joan Manuel Serrat, 1968.

** Entreprise espagnole de théâtre ambulant disparue en 1986.

CET ARBRE, C'EST MON GRAND-PÈRE QUI L'A PLANTÉ, SON OMBRE M'APPARTIENT

« Avant, ici, il n'y avait que de la terre crayeuse. Ils s'en sont occupés, ils ont planté des pins et créé des aires de pique-nique. Le Parti socialiste. J'ai une photo de ta grand-mère et moi, là-bas, à côté de l'ermitage », me dit mon grand-père lorsqu'on arrive à San Isidro, un champ à l'extérieur de Criptana où, chaque année, le 15 mai, on rend hommage au patron des agriculteurs lors d'une fête.

Pour grand-père Vicente, depuis la mort de grand-mère Mari Cruz, tout s'est arrêté. Tout commentaire, toute conversation et tout souvenir débouchent nécessairement sur María, « ma María », comme il l'appelle, comme il a commencé à l'appeler quand elle est morte. Il m'a raconté que, la semaine après son enterrement, il a soudain eu envie de regarder dans la commode, un meuble qui pour lui était un mystère, qu'il n'avait jamais ouvert jusque-là parce qu'il n'avait pas ressenti la curiosité ni la nécessité de le faire. Il a trouvé un tas de lettres, de cartes postales, des bas et un rosaire. Je lui ai demandé ce qu'il avait fait du rosaire. Il m'a répondu qu'il l'avait « foutu en l'air. Je ne sais pas pourquoi ta grand-mère avait gardé ça, quelqu'un avait dû le lui offrir ». J'ai toujours soupçonné ma grand-mère de croire en Dieu, à sa manière, mais c'est une question que je ne lui ai pas posée. Un vendredi saint où je portais un jean déchiré, elle m'avait ordonné de me changer, c'était le jour de la mort du Seigneur.

Nous sommes venus à San Isidro pour arroser l'arbre, je dis bien *l'*arbre et pas *un* arbre, l'article est défini car c'est mon grand-père qui l'a planté au bord du chemin et c'est lui qui s'en occupe. C'est un amandier. Chaque semaine, mon grand-père prend sa petite voiture, une biplace bleue qui fait beaucoup de bruit, réglée en permanence sur Radio Olé. C'est comme ça qu'on l'appelle lui et moi, « la petite voiture ». Et il va arroser l'amandier, le tailler, ou vérifier le parterre qu'il a fait autour avec des bouteilles en plastique et des pierres.

Sur la route, je lui dis de ne pas allumer la radio. Je veux lui faire écouter quelque chose. Je cherche sur YouTube, sur mon téléphone, le « Romancero de Durruti », de Sánchez Ferlosio, et je l'approche de son oreille pendant qu'il conduit, il entend moyennement, il est un peu sourd. Il sourit et fredonne « et voilà Durruti, une lettre à la main, où est écrite toute la misère de ce peuple souverain* ». Mais aussitôt il se met à pester contre les anarchistes et l'anarchisme, comme chaque fois que je lui mets ce genre de chansons. Parfois je n'ai même pas besoin d'en mettre une, il s'énerve contre les anarchistes, point. « Comment ce qu'ils disent pourrait-il arriver si Dieu n'existe pas ? » J'ai envie de reprendre cet argument, si un phénomène n'existe pas, il ne peut pas nous faire de mal : « Grand-père, les anarchistes n'existent pas, ils ne peuvent pas te faire de mal. »

On arrive près de l'arbre. Il se gare au bord du chemin et ouvre le coffre. Aujourd'hui il contient un bidon d'eau pour l'arbre, mais, quand on était petits, il transportait parfois mon cousin Pablo, moi, ma cousine María, ou Perucha, une chienne que mon grand-père a eue, une bâtarde noire qui avait super mauvais caractère, n'obéissait qu'à lui et l'accompagnait toujours aux champs. Comme il n'y a que deux places dans la voiture, à part mes grands-parents personne ne pouvait s'asseoir. Si on voulait voir ses vignes, voler des olives avec lui ou aller dans la maison de campagne de tante Mari, il nous restait le coffre, parfois en compagnie d'une houe, des dents d'un râteau ou de Perucha. Parfois avec tout cela en même temps.

Alors qu'il attrape le bidon d'eau, je lui demande si on ne lui a jamais reproché d'avoir planté l'arbre de sa propre

* « *Por allí viene Durruti / con una carta en la mano / donde pone la miseria / de este pueblo soberano.* »

initiative, sans demander une autorisation au conseiller municipal pour l'environnement ni à personne. Il ouvre grand les yeux et rigole. Qui irait lui reprocher d'avoir planté un arbre ? Mon grand-père rigole toujours quand il ne comprend pas la logique à laquelle est soumise la réalité qui existe au-delà de sa commune. Quand il découvre, simplement, qu'il existe une réalité au-delà de sa commune. Une après-midi où il y avait beaucoup de vent, un virevoltant est passé dans sa rue. Je l'ai vu par la fenêtre et j'ai dit : « Tiens, un virevoltant. » Mon grand-père en a rigolé toute la journée, me répétant que ça s'appelait un « bigoudi », et il murmurait « bon Dieu, un virevoltant, n'importe quoi », me secouant tendrement par le bras, puis m'embrassant avant de conclure : « En ville, vous ne savez rien de rien, vous êtes vraiment des ignares. ».

On remonte dans la voiture. Il m'explique qu'il a enfoncé une bouteille à l'envers dans le parterre pour que l'eau s'écoule peu à peu et que les amandes fleurissent entre janvier et mars. Il ajoute que quand il ne sera plus là (même s'il précise qu'il ne mourra jamais et quand il dit ça je pense toujours pourvu que ce soit vrai, pourvu qu'il ne meure jamais ; les grands-parents ne devraient jamais mourir), et que je viendrai ici avec quelqu'un, je pourrai lui dire : « Regarde, cet arbre, c'est mon grand-père qui l'a planté, son ombre m'appartient. »

Je me souviens alors, tandis que je remonte dans la biplace pour rentrer à la maison et que mon grand-père met maintenant Radio Olé, d'un poème d'Aresti que m'a appris mon ami Gonzalo :

Je défendrai
la maison de mon père.
Contre les loups,
contre la sécheresse,
contre l'usure,
contre la justice,
je défendrai
la maison de mon père.
Je perdrai
les troupeaux,
les vergers,
les pinèdes ;
je perdrai
les intérêts,
les rentes,
les dividendes,
pour défendre la maison de mon père.
Ils prendront mes armes
et avec les mains je défendrai
la maison de mon père ;
ils me couperont les mains
et avec les bras je défendrai
la maison de mon père ;
ils me laisseront

sans bras,
sans épaules,
sans poitrine,
et avec l'âme je défendrai
la maison de mon père.
Je mourrai,
mon âme se perdra,
ma descendance se perdra,
mais la maison de mon père
restera
debout.

Je me souviens du poème d'Aresti, mais je ne le récite pas à mon grand-père. Je ne lui dis pas non plus (même s'il ne mourra jamais) que, si un jour il n'est plus là, j'emmènerai mes enfants ici, puisque c'est à eux que fait référence ce « quelqu'un », bien qu'il ait omis intentionnellement de le préciser. Je leur raconterai qui a planté l'arbre et l'a arrosé toutes les semaines, qui a pensé à lui à chaque fois qu'il gelait et a souri à chaque nouvelle fleur.

J'ai beaucoup repensé à ce dont nous avons parlé hier soir, alors qu'on était avec Ana Rosa et mon père dans la salle à manger, avec les volets à moitié fermés et une corrida à la télé à laquelle personne ne prêtait attention. On évoquait Noël, on disait qu'Olivia savait presque parler désormais et qu'Hugo avait appris à jouer aux échecs, quand soudain mon grand-père a lancé que « ça manquait d'enfants ». Nous, les plus jeunes, ses petits-enfants, on ne se reproduisait pas au rythme et selon la quantité qu'il estimait incompressibles. On ne respectait pas le ratio, affirmait-il. Il avait dix-huit petits-enfants, mais seulement cinq arrière-petits-enfants.

Mon père lui donnait raison, le ratio n'était pas respecté, en effet. Mais il nuançait en argumentant que l'époque était différente, ce n'était plus comme avant. Si on y réfléchissait, aucun de ses rejetons non plus n'avait élevé huit enfants comme il l'avait fait, de la même façon qu'aucun de ses petits-enfants n'avait eu d'enfant au même âge que ses parents. Mon grand-père râlait et secouait la tête : c'était précisément pour ça, parce que l'époque était différente, qu'on devait avoir autant ou plus d'enfants qu'avant. Et il nous rappelait qu'il en avait élevé huit dans une maison avec des latrines, toujours en travaux, et qu'il avait retapé petit à petit, quand il le pouvait, le sol sur lequel nous marchions à présent.

À un moment de la conversation, il a mentionné les retraites et demandé à mon père et Ana Rosa qui allait payer la leur s'il y avait de moins en moins d'enfants. Ana Rosa a répondu qu'il y avait un tas d'immigrants, beaucoup plus qu'avant, et il a répondu, tête basse, que « ce n'était pas pareil ». Il a tranché le débat en déclarant que sa maison avait toujours été pleine d'enfants, qu'il y en avait de moins en moins et ce n'était pas possible. Il avait raison. Et aussi sur le fait que « ce n'était pas pareil ».

J'en ai reparlé ensuite avec mon père, lorsque nous sommes sortis dans la cour fumer une cigarette. Pour lui, c'était bonnet blanc et blanc bonnet, les enfants sont des enfants, demain ce seront des travailleurs qui paieront des impôts et, avec leurs impôts, on financera les retraites. J'ai dit OK, ils financeront peut-être sa retraite, mais ce ne seront pas ses petits-enfants, et pendant qu'ils paieront sa retraite ils ne paieront pas celle de leurs propres grands-parents.

J'ai sûrement fait une *excusatio non petita* en lui rappelant que Tere, la voisine de mes grands-parents, était Tere ; son fils Alberto était son fils ; et puisqu'ils étaient Tere et son fils, ils n'étaient pas des Simón. Admettre qu'ils n'étaient pas des Simón ne signifiait pas les aimer moins ou les respecter moins, au contraire. La communauté implique toujours de laisser quelqu'un dehors, sinon elle ne vaut rien, ai-je dit. Je l'ai également félicité parce que l'internationalisme était enfin devenu une réalité, même si c'étaient les autres qui l'avaient fait. Heureux capitaliste international, papa. Puis on a abordé la question suivante : était-ce ou non néocolonialiste de voler la main-d'œuvre et la jeunesse, c'est-à-dire leurs futurs enfants et la possibilité qu'ils financent les retraites dans leurs propres pays, de ceux dont on avait volé les richesses il y a des siècles ?

Je n'ai pas osé lui dire que ce n'était pas pareil, bien sûr que ce n'était pas pareil, car le jour où Hilario est mort, après son enterrement j'ai compris qu'une des raisons, la raison principale, pour laquelle je voulais avoir des enfants, ce n'était pas pour devenir mère, mais pour qu'il devienne grand-père et mon grand-père arrière-grand-père. Pour perpétuer la lignée, lui rendre ce qu'il m'avait donné, la vie et l'amour ; leur raconter l'histoire du Frère et de la Sœur comme me l'avait racontée Hilario, et leur parler de lui, de ses mains calleuses et de ses poèmes.

Pour les emmener aux fêtes de mai et qu'ils s'égratignent les genoux dans cette même cour où j'ai égratigné les miens, qui est également celle où il a égratigné les siens, ainsi que tous ses frères, mes oncles, et où ma grand-mère a fait ses premiers pas. Pour leur apprendre

qu'une caldereta se mange debout, autour des poêles, en reculant de deux pas, et pour les emmener à l'ermitage de San Isidro. Et, sur le chemin, je leur montrerai l'amandier et leur dirai que c'est mon grand-père, leur arrière-grand-père, qui l'a planté. Et que, par conséquent, son ombre nous appartient.

LE MASCULIN

LE GÉANT BLESSÉ DE LA GARE D'ALCÁZAR DE SAN JUAN

Les premiers mots que mon père a dits à mon sujet ont été : « Mais, Ana Mari, c'est un laideron ! » Je le sais parce qu'on me l'a souvent raconté : telle est la phrase que mon père a prononcée quand il m'a vue pour la première fois, alors que je venais de naître. De la même façon, je sais que je n'ai pas eu de prénom pendant trois jours car mon père et Ana Mari n'arrivaient pas à se décider. Il voulait m'appeler África, mais Ana Mari refusait, ça lui évoquait « la pauvreté et la misère » (même s'ils n'étaient jamais allés en Afrique). Ils envisagèrent un temps Laura. Grand-mère María Solo annonça à toutes ses amies sur les marchés qu'elle avait eu une petite-fille, sa première petite-fille, et qu'elle s'appelait Laura, mais finalement ils changèrent d'avis et ma grand-mère dut se dédire, furieuse, auprès de toutes ses amies sur les marchés.

Finalement ils choisirent Ana Iris, influencés par le prénom de la fille de Ginés, le gérant du baby, Inairis, dont ils firent une adaptation libre, associant le premier prénom de ma mère à celui de la messagère des dieux dans l'*Iliade*. Dans le récit officiel, cependant, Inairis du baby ne figure pas. Mon père préfère penser, se raconter à lui-même (et me raconter) qu'ils m'ont appelée Ana pour ma mère et Iris parce que nous étions et sommes « une famille *postale* », tous les deux étant facteurs. Ou encore à cause du *Salve marinera**, qu'il aimait beaucoup et qui dit « salut, étoile des mers, des mers irisées, aventure éternelle ». Il opte pour telle ou telle version de l'histoire de mon prénom, c'est selon, sans se soucier qu'elles sont contradictoires. En réalité, j'ai toujours su la vérité, et la vérité c'est que je m'appelle Ana Iris à cause de la fille de Ginés, le gérant du baby. Mais qu'importe la vérité ?

Si mon père aime tellement le *Salve marinera*, c'est parce qu'il a fait son service militaire dans l'infanterie de marine. Je suppose que ça aussi, c'était un peu pour le récit, pour pouvoir raconter une histoire. Sinon, pourquoi un homme de La Mancha, dont les lagunes de Ruidera constituent la plus grande surface d'eau qu'il a vue dans sa vie, apprendrait à faire des nœuds en huit et à connaître les stratégies amphibies ? Ou pour jouer au con. C'est ce qu'il m'a répondu quand je lui ai demandé pour quelle raison il avait choisi de garder l'horloge noire en plastique

* Hymne de la Marine espagnole, composé par Cristóbal Oudrid (1825-1877). « *Salve, estrella de los mares, de los mares iris, eterna aventura.* »

qui se trouvait sur l'étagère au-dessus de la télé lorsqu'il s'est séparé d'Ana Mari. Je l'ai découvert dans la convention de divorce, que j'ai trouvée, à l'âge de quatorze ans, sur l'étagère IKEA que nous étions allés acheter des mois après leur séparation et la vente de la maison, pour meubler son nouvel appartement. Elle stipulait qu'Ana Mari gardait tous les meubles sauf « l'horloge en plastique noire qui se trouve sur l'étagère au-dessus de la télé ». Lorsque je lui ai demandé pourquoi il avait voulu seulement cette horloge, en plastique par-dessus le marché, je pensais qu'il allait me sortir une histoire sur un symbolisme que je ne connaissais pas encore, mais il m'a avoué que c'était « pour jouer au con ».

Ces jours-là, ces jours où mes parents se sont séparés et où on a dû aller chez IKEA acheter des meubles pour son nouvel appartement, situé en face de la plaza de la Libertad d'Ontígola, j'ai vu plus que jamais mon père tel qu'il avait toujours été, y compris avant ma naissance : un père. Comme Javi pleurait beaucoup quand ils le déposaient à la crèche, il avait décidé de ne plus l'y emmener, il ne pouvait pas le laisser pleurant à chaudes larmes et partir tranquillement au travail. Il passa donc des mois à s'occuper de Javi, lui lisant *Le Petit Prince* et la vie de Velázquez sur la terrasse, lui préparant le petit déjeuner, le déjeuner et le dîner en lui racontant des salades (c'était ce que Javi disait à mon père quand il lui mentait, de ne pas « lui raconter de salades »).

Ana Mari me répétait toujours que chez les Simón, dans la famille de mon père, on aimait beaucoup les enfants, et c'est vrai. Un Simón protégera toujours et admirera plus que tout un petit, et pour cette raison j'affirme que mon père était père avant même ma naissance. Récemment je lui ai demandé pourquoi il avait voulu nous avoir, Javi et moi, avoir des enfants. Il m'a répondu que le contraire aurait été impossible pour lui. Il avait toujours su qu'être père était son unique mission. « C'est peut-être égoïste, tant pis », mais il avait toujours senti aussi que c'était ce qu'il connaîtrait de mieux, ce qui ferait vraiment de lui ce qu'il était. Et même si je n'ai pas connu mon père, évidemment, avant qu'il le soit, je crois qu'il l'était avant ma naissance, et je suis sûre qu'il a raison. J'ai passé de nombreuses années à ne pas appeler Ana Mari maman, mais je n'ai jamais appelé mon père par son prénom. Jamais. J'ai toujours dit papa, en accentuant beaucoup, comme tout le monde, le *a* final. « Papaa, tu peux me préparer un sorbet, j'ai mal au ventre. Papaa, amène-moi à Aranjuez, j'ai rendez-vous avec mes copains. Papaa, pourquoi continue-t-on de croire à la démocratie ? Papaa, raconte-moi encore l'histoire de Frite et Patate. »

Frite et Patate était une histoire que mon père avait inventée pour moi : deux pommes de terre allaient se baigner dans un lac, laissant leurs vêtements sur la rive. Pendant qu'elles barbotaient dans l'eau apparaissaient

Couteau et Fourchette qui riaient à gorge déployée et leur annonçaient qu'elles allaient mourir, ils allaient les découper en morceaux et les dévorer. À ce moment-là surgissait Perucha, la chienne de mon grand-père qui avait si mauvais caractère. Elle attrapait dans sa gueule Couteau et Fourchette et les jetait dans le lac, insensible à leurs prières, ignorant leurs suppliques, « non, s'il te plaît, Perucha, ne nous jette pas dans l'eau, on va rouiller », sauvant ainsi Frite et Patate. Ensuite on a eu Roly qui, comme Perucha, était un bâtard, mais bien plus affectueux, et à partir de là c'étaient Perucha et lui qui sauvaient Frite et Patate.

Roly était le petit de Cosca, la chienne de grand-mère María Solo. Il était blanc et avait une tache noire à l'œil. À l'âge de deux ou trois ans, il est devenu borgne car il s'est approché du troupeau d'un berger. Celui-ci, croyant qu'il allait attaquer ses brebis, lui a lancé une pierre, et le malheur a voulu qu'elle atterrisse dans son œil. C'est mon père qui me l'a raconté, aucun de nous ne l'a vu. On ne sortait jamais promener Roly, il se promenait tout seul. À côté de la maison, de la maison de la rue Flores, qui était un pavillon mitoyen, il y avait un terrain vague. On lui ouvrait la porte, il allait faire un tour par là et revenait au bout d'un moment. Parfois, quand je ne le voyais pas dans la cour et demandais à mon père où était Roly, il me répondait qu'il lui avait donné un euro pour qu'il aille chercher du pain.

Roly ne chouinait pas quand quelqu'un faisait exploser des pétards à la fin de la dernière journée de la Liga. Il n'avait pas de panier, ni de couverture. Il dormait dans la cour, il était toujours dans la cour, jamais dans la maison : c'était un chien, pas un animal domestique. Mon père a construit pour lui une niche en briques et en ciment. Dans la partie du haut, sur la porte, il a écrit ROLY sur le ciment encore humide. Ce n'était pas la plus jolie niche du monde, mais c'était celle de Roly.

La maison de la rue Flores, en plus d'une grande cour dans laquelle tout un été j'ai entrepris de planter des belles-de-nuit parce qu'elles poussaient très vite et donnaient beaucoup de graines (jusqu'à ce que mon père me dise d'arrêter et les arrache car elles avaient toutes crevé), possédait un jardinet à l'avant. Mon père avait planté là une vigne et des impatiences, et il essaya un jour de mettre des tulipes, mais elles n'ont jamais pris. Au coin, collé au mur de séparation entre notre maison et celle du voisin, il a bâti un muret pour supprimer tout vis-à-vis ; « un petit muret », disait-il, et cela faisait beaucoup rire Ana Mari.

Elle a moins ri le jour où elle a découvert que les vingt-quatre photos d'une pellicule qu'on venait de développer étaient toutes des clichés du « petit muret » et de la vigne, depuis différents angles et perspectives. Elle a demandé à mon père pourquoi il avait pris vingt-quatre fois en photo un tas de pierres et une vigne, et il n'a pas su, ou n'a pas voulu, répondre. Mais la réponse était sûrement la même que pour l'horloge noire en plastique, et la raison identique à celle qui le fit choisir en son temps de faire son service militaire dans l'infanterie de marine alors qu'il était né dans cet océan d'alfa qu'est La Mancha. Pour jouer au con.

Quand j'avais onze ou douze ans, et que Javi était encore bébé, un week-end où on était à Criptana, il nous a emmenés en Clio à la colline de la Vierge, l'endroit où Ana Mari et lui se sont mariés. C'est un petit monticule au milieu de nulle part avec un ermitage blanc, fortifié, consacré à la patronne locale, la Vierge de Criptana. Du sommet, on peut voir, du moins c'est ce que prétend mon père, à cent kilomètres à la ronde, partout où on regarde.

Javi était derrière dans le Maxi-Cosi, moi devant, en copilote. Quand nous nous sommes garés, mon père a pris mon frère dans ses bras et nous sommes allés voir les ex-voto que les gens offraient à la Vierge. Il y avait des seins, des mains, des A d'auto-école. Mon père m'a expliqué ce qu'était un ex-voto. Ensuite on a contemplé la vue et il m'a dit : « Regarde, là-bas c'est Tomelloso. » Il montrait un point, puis un autre. Là-bas, c'était Alcázar. À la fin, au bout d'un bon moment, il m'a déclaré : « Iris, ça, c'est La Mancha. » Il y avait beaucoup de soleil et beaucoup de vent, le ciel et la plaine orange paraissaient infinis et oui, ça, c'était La Mancha.

Ce jour-là, j'ai pris conscience que mon père vivait dans les récits, les histoires qu'il me racontait, mais surtout dans celles qu'il se racontait à lui-même. Et ce qu'il me racontait ce jour-là était la vérité puisque ça, c'était La Mancha. Mais même quand c'était inventé, ce qu'affirmait mon père était toujours la vérité, d'une certaine façon. J'ai commencé aussi à prendre conscience, en observant mon père et mes copains, que les garçons, les hommes, ne perdent jamais leur capacité de jeu. Nous, les filles, dès l'entrée au collège, on avait arrêté la balle au prisonnier et le basket pour s'inscrire à des cours de danse, et on se retrouvait pour envoyer des SMS et poker les garçons qui nous plaisaient, qui continuaient de jouer au foot et au handball. Et aujourd'hui, à presque trente ans, on se retrouve pour boire des cafés et des bières, tandis qu'ils continuent non seulement de jouer à *Fortnite*, mais de s'énerver contre celui qui n'a toujours pas appris à construire (qui est un truc qu'on doit faire sur *Fortnite*). Et lorsqu'on aura soixante ans, on se retrouvera certainement pour échanger des cancans le soir en prenant le frais sur une chaise publicitaire en plastique pendant qu'ils continueront de jouer aux dominos, à la brisca*, ou peut-être toujours à *Fortnite*. À partir de l'adolescence, les femmes ne s'autorisent plus à jouer, oublient comment on joue. Pas les hommes. Et c'est une des raisons pour lesquelles j'aime les hommes.

* Jeu de cartes espagnol.

Ana Mari se mettait parfois en colère quand mon père allait trop loin avec moi, comme ce jour où nous étions en voiture et qu'il s'est trompé de sortie sur la route. J'ai eu très peur car je croyais qu'on était perdus et mon père m'a dit oui, on était perdus, on allait arriver à Cuenca au lieu de Criptana, où allions-nous pouvoir dormir ? Je me suis mise à pleurer parce qu'on n'avait pas de maison à Cuenca et je nous ai imaginés dormant dans la voiture, alors qu'il pleuvait des cordes et qu'il y avait du tonnerre. Ana Mari se fâchait également contre mon père lorsqu'il me mentait, mais aussi quand il me disait ce qu'il considérait être la vérité, par exemple la fois où il m'a déclaré que mon amie Sarita, qui est morte d'une leucémie, n'était pas au ciel avec les anges, mais sous terre. Ou le jour où il m'a montré mon frère dans le bocal en verre.

Je crois que c'est avec lui que j'ai appris à écrire, à cause de lui. Peut-être pas à écrire, mais à observer. À l'école primaire, à Vicente Aleixandre, en CE1, quand j'avais sept ans, on a eu une souris dans la classe. On faisait de l'anglais et, soudain, elle a traversé la salle. On s'est tous mis à crier et à bondir sur nos chaises, y compris la pauvre Isabel, notre institutrice, qui est montée sur un pupitre. Quand Marcial, le gardien, a réussi à faire sortir la bestiole, c'était l'heure du cours d'espagnol. Rosa, l'autre institutrice, qui nous enseignait également les maths et les sciences, nous a donné comme devoirs pour le lendemain une rédaction à propos de l'incident.

De retour à la maison, très excitée, j'ai raconté à mon père, agitant beaucoup les mains, qu'on avait eu une souris en classe et qu'on devait écrire une rédaction à son sujet. Alors il a dit que si nous, on avait eu peur, pouvais-je imaginer la panique que la souris avait éprouvée en voyant une vingtaine d'humains, y compris une institutrice d'anglais, bondir sur leurs chaises ? Je suis montée dans ma chambre. J'ai un peu hésité au début, car Rosa nous avait dit d'écrire ce qu'on avait ressenti nous, pas la souris. Puis j'ai commencé à écrire l'histoire de son point de vue, du point de vue du rongeur. Le lendemain, quand je l'ai lue en cours, mes camarades m'ont applaudie et j'ai gagné un dictionnaire Vox, avec sa couverture orange, et une trousse : Rosa ne nous l'avait pas précisé, mais il y avait une récompense. L'après-midi, de retour à la maison, j'ai raconté à mon père, à nouveau très excitée et agitant beaucoup les mains, qu'on m'avait applaudie et que j'avais gagné un dictionnaire Vox et une trousse. C'était très bien, m'a-t-il félicitée, mais je ne devais pas faire ma crâneuse.

Des années plus tard, quand j'irais à l'université où j'étudierais le journalisme pendant cinq ans, je n'apprendrais jamais rien de plus important que ce que mon père m'a enseigné en CE1 : lorsqu'on écrivait, lorsqu'on observait, on devait toujours être la souris et ne jamais faire sa crâneuse. Et il fallait du courage pour l'un et l'autre.

À l'âge de dix-huit ans, en première année de fac, c'est moi qui ai raconté une histoire, une « salade », comme disait Javi, à mon père. Je lui avais déjà écrit plein de choses auparavant, des articles à destinataire unique (lui) que je posais sur son lit, toujours sur des sujets politiques, en principe pour contredire par écrit son idéologie (lui, en retour, déposait des coupures de presse, soulignées, d'Haro Tecglen*, sur mon bureau). Mais cette fois je lui ai parlé de nous et des papillons monarques.

Les monarques parcourent chaque année cinq mille kilomètres au cours de leur migration. Ceux qui migrent sont ceux qui naissent à la fin de l'été ou au début de l'automne, mais, au moment où ils arrivent à destination et où commence la migration de l'année suivante, plusieurs générations ont vécu et sont mortes. Ce sont leurs arrière-arrière-petits qui effectuent le voyage en sens inverse, des arrière-arrière-petits monarques qui, d'une certaine façon, connaissent le chemin de retour, empruntant les mêmes routes que leurs ancêtres et, parfois, revenant dans le même arbre. Ce que je voulais dire à mon père dans cette lettre, c'est que, si j'avais choisi d'aller à l'université pour apprendre à raconter des histoires, c'était parce qu'il était mon père et qu'il m'avait déjà appris, lui, à les raconter. « Il n'y a pas d'autres mondes, mais il y a bien

* Journaliste espagnol (1924-2005). Républicain, engagé à gauche, il fut obligé de collaborer avec l'Espagne franquiste pour sauver son père de la peine de mort, ce qui lui fut souvent reproché.

d'autres yeux », dit une chanson d'El Último de la Fila qu'il me mettait dans la Lada sur la route de Criptana : c'est ça écrire, et dans aucune université de journalisme on ne vous passe cette chanson d'El Último de la Fila. C'est pourquoi aucune université de journalisme n'a beaucoup de sens.

À douze ans, en revenant de l'ermitage de la Vierge, j'avais eu la première révélation sur mon père : j'avais compris qu'il vivait dans les récits, les histoires. Quand je lui ai donné cette lettre, celle des papillons monarques, j'ai eu la deuxième : j'étais devenue adulte. Ce fut mon rite initiatique. Ce qui impliqua de lui avouer, implicitement, que je l'avais percé à jour : je savais qu'il vivait dans les récits et que vivre en eux, vivre grâce à eux, était un des enseignements les plus importants que j'avais reçus. La troisième révélation est arrivée dix ans plus tard. J'avais vingt-huit ans.

Nous étions, mon frère, mon père et moi, à la gare d'Alcázar de San Juan. On s'apprêtait à prendre le train de retour à Aranjuez après avoir passé le week-end à Criptana. On n'avait pas pris nos billets en ligne et le train était complet. Par conséquent, la seule option qui nous restait était de monter dans le train, de rester debout et de payer notre billet au contrôleur quand il passerait, accompagné d'une amende pour être montés sans ticket dans un train complet. Mais pour cela il nous fallait des espèces, le contrôleur n'ayant jamais de terminal de paiement, et on n'avait pas de cash, juste des cartes bleues. Nous sommes donc partis en quête d'un distributeur.

À peine sortis de la gare, on a vu un géant. Il portait une chemise blanche et un pantalon de costume. Comme nous sommes tous les trois assez petits, surtout à côté d'un géant, on a tout de suite remarqué qu'une des jambes de son pantalon était pleine de sang, du genou jusqu'en bas. Il y en avait tellement que le tissu, qui était gris, était devenu noir et lui collait à la peau. Il laissait une traînée rouge sur le sol, mais ne semblait pas le voir. Il avait le regard perdu dans le vague. Nous nous sommes regardés tous les trois sans un mot, puis mon père s'est approché du géant et lui a demandé s'il allait bien, parce que sa jambe saignait énormément. Le géant a dû d'abord baisser le regard pour rencontrer celui de mon père, puis encore plus bas jusqu'à sa jambe, avec un mouvement lent et lourd. Il lui a répondu, sans étonnement aucun, qu'il ne s'en était pas rendu compte. Mon père a répondu qu'il fallait appeler une ambulance, se posant probablement la question de savoir si le géant tiendrait ou non dans une ambulance ordinaire. Alors des employées des chemins de fer sont sorties de la gare et ont appelé l'hôpital. Nous nous sommes dirigés vers le distributeur. Javi s'est aperçu qu'on marchait sur ses pas, les pas du géant : il y avait du sang dans toute la rue. Mon père n'a pas arrêté d'imaginer ce qui avait pu se passer. Il a répété : « Comment ne s'en était-il pas rendu compte ? Il pisse le sang », sur les cinq cents mètres entre la gare et le distributeur. Aller-retour.

Nous sommes rentrés dans la gare, argent en poche, au moment où arrivait l'ambulance qui venait chercher le géant. Il n'avait pas arrêté de saigner, assis sur un banc, tel qu'on l'avait laissé, avec le même regard perdu et la même attitude de colosse abattu. Quand ils sont partis, le patron du bar de la gare a balancé un seau d'eau de Javel par terre et s'est mis à frotter vite et mal, en nous racontant que le géant était un ancien joueur de basket professionnel. Il fallait nettoyer tout cela immédiatement, sinon Dracula allait débarquer, a-t-il plaisanté. Les deux employées des chemins de fer ont alors surgi et lancé à une dame qui arrivait : « Comment ? Vous n'êtes pas au courant ? », désireuses de savoir si l'incident avait déjà fuité et espérant que la réponse soit oui.

Dans le train bondé, il était impossible de s'asseoir et nous sommes restés debout près des toilettes, continuant d'imaginer ce qui avait pu se passer. Une fois à la maison, mon père nous a écrit, à Javi et à moi, sur le groupe WhatsApp. Il nous a dit qu'il nous aimait beaucoup et nous a priés, s'il vous plaît, d'écrire pour lui l'histoire du géant, de raconter ce qui lui était arrivé avant qu'on le rencontre devant la gare, traînant sa jambe ensanglantée, les yeux dans le vague. Et ce qui lui était arrivé ensuite, quand on l'avait installé péniblement sur une civière parce qu'il pesait trop lourd (pas facile pour deux humains de porter un géant) et que l'ambulance avait démarré.

Ce jour-là, il a fait de Javi et moi des adultes, a fait de nous un homme et une femme, mon frère à dix-huit ans, moi à vingt-huit. Il nous a révélé la vérité, a reconnu qu'il vivait dans les histoires, ne pouvait pas faire autrement, de la même façon qu'il ne pouvait pas ne pas être père. C'est pourquoi il l'était déjà avant ma naissance et, bien entendu, avant celle de Javi.

Ce jour-là, ce jour où on a vu le géant à la jambe ensanglantée devant la gare d'Alcázar, mon père, en plus de nous avouer la vérité, nous a révélé quelle était notre mission. Jusque-là, c'est lui qui s'était chargé de nous raconter le pourquoi du comment. Il s'était employé à ordonner la réalité, notre réalité, à l'inventer ou, plutôt, à nous l'expliquer. À présent, c'était à nous de faire pareil avec lui. Le moment était arrivé. Nous avions cessé d'être des enfants. Ma grand-mère Mari Cruz, sa mère, était morte deux jours plus tôt. C'est pour cela que nous étions allés dans La Mancha ce week-end-là. C'est pour cela que nous étions, ce dimanche-là, comme le géant blessé, devant la gare d'Alcázar de San Juan*.

* Papa, si tu veux lire l'histoire du géant, elle est à la fin du livre. (*Note de l'autrice.*)

TOUTES LES FEMMES ADORENT UN FASCISTE

Avant de se séparer, quand j'avais onze ans, mon père et Ana Mari ont suivi une thérapie de couple. Je l'ai su seulement dix ans plus tard, par hasard, un jour où Ana Mari m'a dit qu'ils avaient divorcé à cause de Clint Eastwood et de Fidel Castro. Je lui ai demandé de s'expliquer. Alors elle a beaucoup ri et m'a raconté que pour tenter d'éviter le divorce, ce qui n'a pas marché (ils ont bien divorcé), ils avaient suivi une thérapie de couple au cours de laquelle on leur avait recommandé un exercice consistant à écrire sur de petits papiers des choses que chacun aurait aimé que l'autre fasse, puis de les mettre dans un pot et d'en sortir un par jour pour réaliser ce qui était écrit.

Un des vœux qu'avait formulés mon père à l'attention d'Ana Mari était de trouver au moins un point positif au commandant Fidel. Un autre, de voir un film de Clint Eastwood sans râler. De son côté, Ana Mari, d'après ce qu'elle m'a raconté, avait exprimé des désirs qu'elle estimait beaucoup plus nobles, comme faire une promenade avec mon frère, qui était un bébé, dans les jardins d'Aranjuez (ceux-là mêmes qui ont inspiré Joaquín Rodrigo et Valle Inclán), « et ton père, tout ce qu'il a eu comme idée, c'est Fidel et encore une fois *Le Bon, la Brute et le Truand* ». Alors c'est moi qui ai ri et lui ai dit, bon, se promener dans les jardins d'Aranjuez, on peut le faire avec n'importe qui, alors que quelqu'un qui comprenne que la révolution cubaine a été, comme l'a écrit Galeano, « ce qu'elle a pu et non ce qu'elle a voulu être », c'est un peu plus compliqué. De plus, mon père était un homme, ai-je ajouté, qu'espérait-elle ?

Mon père était un homme, et je l'ai compris très tôt, enfant. En effet, lorsque Ana Mari venait me réveiller, elle me faisait des câlins et des caresses, m'appelait « ma chérie », « ma petite fille », alors que lui se contentait d'entrer dans ma chambre, d'ouvrir les volets brutalement et d'ordonner « Debout, Ana Iris », ou « Allez, Iris », avec un ton et une attitude militaires. Et, quand j'avais une gastro ou de la fièvre, Ana Mari le prenait infiniment plus au sérieux, « ma pauvre petite chérie, comme tu es malade », ne me traitait pas de poule mouillée.

Un jour où je me suis réveillée couverte de boutons, en sixième ou cinquième, j'ai dit à mon père que je ne pouvais pas aller en cours comme ça, c'était peut-être la varicelle. Il m'a répondu de ne pas lui raconter d'histoires et de m'habiller, c'était la puberté. J'ai tenté de le persuader du contraire, au bord des larmes. Ça ne pouvait pas être la puberté, je m'étais réveillée avec plein de boutons sur la figure alors que je n'en avais pas un seul en me couchant. Mais il m'a emmenée quand même au collège, sans me parler de tout le trajet, que j'ai passé à regarder par la fenêtre et à faire la tête à 8 heures du matin. Finalement, il s'est avéré que ce n'était pas la puberté et j'ai contaminé Cynthia, Beatriz Gómez et Rubén. Lorsque je suis retournée en cours après une semaine confinée à la maison, j'ai dû éviter Carlos pendant les récrés : il avait le front plein de marques.

Carlos a été mon amoureux entre l'âge de douze et quatorze ans. Lors des sorties scolaires, on s'asseyait ensemble dans le car et on écoutait sur le Discman La Mala et Violadores del Verso, que j'aimais bien, ou Hilary Duff, que lui aimait bien. Mon père appréciait beaucoup Carlos car c'était un fan de foot et de tennis. Chez lui, il avait un carnet avec tous les résultats des matchs du Mondial qu'on nous a volé (celui de 2002, où Ronaldo, le Brésilien, avait cette frange tellement bizarre), écrits à la main.

Carlos me plaisait également pour ce carnet et, par la suite, il est arrivé que certains hommes me plaisent pour des raisons similaires. Je suis sûre que, s'il devait suivre une thérapie de couple, l'un d'eux écrirait quelque chose du genre Fidel ou Clint Eastwood, et sa partenaire serait désespérée, comme Ana Mari : la relation homme-femme est aussi basée sur ce point, sur le fait de désespérer un peu. Même si aujourd'hui appeler « symptôme de relation toxique, sors-toi de là, ma fille, ouvre les yeux » la moindre velléité de désespoir et d'affrontement, voire parler de catégories homme et femme, de masculin et de féminin, peut être considéré en soi comme légèrement problématique.

Plus ou moins au moment où je sortais avec Carlos, on a commencé à parler des métrosexuels. Ce fut grâce à / à cause de certains Galactiques du Real Madrid, par exemple David Beckham, qui avait des coiffures plus spectaculaires que sa femme (et sa femme, c'était Posh Spice). Les métrosexuels étaient, en tout cas d'après les newsmagazines sérieux, tels que *Vale* et *Super Pop*, des hommes « attentifs à leur apparence ». Par « attentifs à leur apparence », les newsmagazines sérieux et *Vale* et *Super Pop* entendaient s'épiler intégralement le corps, se dessiner ridiculement les sourcils, se maquiller et peut-être aussi se faire des tonnes de tatouages ou s'accrocher un petit diamant à l'oreille.

L'imaginaire collectif les a opposés aux mâles alpha, ceux qui, comme mon père, portaient les mêmes vêtements tous les jours et affirmaient se doucher deux fois par semaine quoi qu'il arrive, même s'ils se douchaient plus souvent, se parfumaient seulement le dimanche, tout au plus, et dont l'effort de coquetterie maximum était de s'asperger de Fungusol* pour ne pas sentir des pieds. La déconstruction masculine, fût-elle purement esthétique, est arrivée par le foot et les footballeurs (on le relève peu). Et nous, les filles des années 1990, sommes devenues adolescentes au moment où les hommes s'épilaient les sourcils de manière ridicule et se faisaient des mèches blondes comme un signe, apparemment, d'érotisme. Mais le pire était à venir, et c'était Marx reformulant Hegel : l'histoire se joue toujours deux fois, la première comme tragédie, la seconde comme farce. Car, après les métrosexuels, les indies ont fini par déconstruire esthétiquement la masculinité.

Les indies des années 2000 furent une nouvelle farce, après les grunges des années 1990. Ils prirent d'eux tout ce qui était atroce (cette apparence lasse, comme de n'avoir envie de rien et d'être au bord du suicide, d'avoir un tas de traumas d'enfance, d'être brisés intérieurement) et quasiment rien de bon. Les indies, qui devinrent l'archétype de l'homme désirable pour les adolescentes des années 2000, portaient sur le front une enseigne lumineuse annonçant qu'ils étaient le parfait exemple de ce qu'El Fary** a décidé d'appeler « les femmelettes ».

* Déodorant pour les pieds.

** Chanteur et acteur espagnol (1937-2007), caricature du macho.

Moi, de toute façon, j'ai toujours détesté les femmelettes. Je ne comprends pas le concept. D'ailleurs, j'ai constaté que les femmes non plus ne supportent pas les femmelettes. Les femmes sont rusées, pour ce que vaut ce mot, le sens de ce mot ; je l'ai souvent dit, ce que j'apprécie le plus dans cette vie, ce sont les femmes, pour moi la vie a du sens seulement avec les femmes. La vie n'aurait pas de sens sans les femmes. Mais les femmes sont futées et profitent beaucoup des femmelettes. Je ne sais pas si elles s'amusent ou s'ennuient, mais elles finissent par leur taper sur la tête avec le poing, etc. C'est la vérité. C'est pourquoi je dis que l'homme doit être à sa place et la femme à la sienne, aucun doute. La femme a ses droits, que je respecte, et elle devrait en avoir plus ! La femme mérite tout. Mais, mon ami, l'homme ne doit jamais être une femmelette, la femme a besoin d'un vrai mec. Je déteste les femmelettes.

C'est ainsi qu'El Fary a défini les femmelettes. On y a fait allusion une après-midi en prenant un café, Cynthia, Inés, Sara et moi. Sara a fait remarquer que, sans vouloir donner raison à El Fary, on s'était peut-être rendu compte un peu tard que les Strokes, OK pour passer un moment sur un banc à parler de Wong Kar-wai et du programme du Primavera, mais comme pères de nos enfants, ils valaient que dalle. On a rigolé, on était d'accord avec elle. Je suis montée au créneau (c'est ma fonction dans notre groupe d'amies), et me suis mise à imaginer un futur dystopique dans lequel la polyandrie serait instaurée, quasiment par nécessité puisqu'on en aurait toutes marre des femmelettes, et, comme il ne resterait presque plus d'autres hommes, on serait obligées de les partager et de se défendre contre ceux qui nous accuseraient de je ne sais quoi, invoquant que c'est notre culture et qu'il faut la respecter. Et, comme ceux qui nous accuseraient de je ne sais quoi seraient des relativistes culturels, ils seraient forcés de la fermer.

Conclusion : le problème n'est pas qu'il ne restera plus d'hommes, c'est trop facile, mais plutôt, comme dit le personnage de Renton dans *Trainspotting*, que « dans mille ans il n'y aura plus ni de mecs ni de nanas, juste des cons ». Ça fait déjà un moment qu'on en est là, avec la connerie pour seule identité. Mais affirmer que les hommes ont disparu, que nous sommes entourées de gamins de trente ans, c'est aussi facile que de déclarer qu'il n'y a plus de femmes, comme l'a déploré Pérez-Reverte dans un article intitulé « Des femmes à l'ancienne ». C'est vrai que c'était un peu risible et que, pour la énième fois, on l'a envoyé au bûcher pour cette prose à l'arrière-goût de lotion Floïd original après-rasage qu'il est convenu d'appeler « phallocrate ». Par la suite il a écrit un très bel article dans lequel il racontait qu'il avait vu une fille, plaza Mayor, qui s'était cassé un talon, et cela a débouché sur une réflexion autour de cette vertu tellement féminine de faire face à l'adversité en douceur, mais personne n'y a prêté attention, parce que *macho, boucle-la, espèce de coq.* Mais ce n'est pas le sujet qui nous occupe maintenant.

Il existe, c'est vrai, ce sentiment latent et partagé : il n'y a plus de gens, il ne reste plus d'humains, concrètement d'humains occidentaux, comme ceux d'avant. Pour cette raison, le mème du chien fut à la mode pendant un temps, celui où on voit à gauche un canidé musclé et fort, et à droite un chien minuscule sans poils. Le premier représente ce qui se faisait avant, genre « les humains en 500 av. J.-C. : la récolte fut abondante, on pourra passer l'hiver » ; le second, le chétif, souffre d'une affection moderne, type « mon Dieu, les réseaux sociaux, quelle angoisse ».

Mais, pour revenir aux indies, ils explosaient dans les festivals, tout en affichant leur lassitude et leur apparente carence en B12, se moquant de ceux qui pouvaient soulever leur poids en développé-couché (« de vrais ploucs, on dirait les mecs dans *Mujeres y hombres y viceversa** »). Tout le monde ne peut pas comprendre le *kalos kai agathos*, mais il continue de sévir. L'idéal, c'est toujours la noblesse et la force du corps et de l'esprit, il ne peut pas en être autrement. Pas plus le *body positive* que le Dieu qui l'a créé.

Ces années-là, l'idéal de beauté féminine était Kate Moss, avec ses pommettes cadavériques, ses orbites creusées et son absence totale de formes. En partie parce

* Émission de téléréalité diffusée à partir de juin 2008.

que l'industrie de la mode et ses canons étaient dictés majoritairement par des hommes blancs et homosexuels, c'est-à-dire des hommes qui ne désiraient pas des femmes mais des hommes. Toutefois, comme sur la fameuse étiquette figure quelque chose qui ne colle pas du tout avec l'archétype de l'oppresseur, personne ne semble s'en souvenir. Ou pire : personne ne semble y avoir pensé.

Puis il y a eu la Kardashian, c'est vrai, mais aussi les mâles alpha en réaction aux métrosexuels, aux indies et aux *soja boys*, et c'est un curieux phénomène : il semblerait que la seule manière autorisée par laquelle pourrait nous plaire, à nous les filles, quelque chose de semblable à la caricature de la femmelette d'El Fary soit comme objet sexuel. La testostérone n'est légitimement désirable qu'au lit, fût-elle toujours synonyme de problèmes (« trop de testo aux postes de pouvoir », affirme-t-on, mais pour Jeanine Áñez, personne ne s'est employé à chercher de nuances, pas plus que pour Lagarde, Ana Patri ou Merkel). Dire tout haut qu'on désire un mâle alpha contient même un risque, celui que l'on nous accuse d'être sous l'influence de l'industrie porno, même si on n'est jamais allée de sa vie sur Beeg ou Pornhub. Donc d'être sous l'influence de l'industrie porno ou du créateur de cette industrie : le patriarcat.

On a parlé de ça également ce jour-là, devant notre café, Inés, Sara, Cynthia et moi, et aussi du fait que la biologie et la nature existent (anathème !) et s'imposent.

La nature est une chose fasciste et autoritaire, le désir se construit, jusqu'à un certain point : c'est beau ; mais surtout, c'est la réalité. On l'a dit en rigolant, parce que dans cette vie on peut tout être sauf désenchanté (comme disait Michi Panero*), et parce que la réalité devient de plus en plus déprimante (pauvre Michi, où qu'il soit, pas de chance pour lui d'avoir été le dernier de cette famille).

À ce stade, j'ai prononcé la fameuse phrase, la citation de Sylvia Plath, « toutes les femmes adorent un fasciste », que j'avais déjà commentée avec Cynthia, et j'ai dit que Sylvia Plath avait raison, nous aimions toutes un fasciste. Sara m'a regardée avec désapprobation. Je me suis expliquée : il s'agissait d'une métaphore. Ce que je voulais dire, en adaptant librement la pensée de Mme Plath, c'était que cette histoire d'hommes déconstruits était une vieille blague, on ne pourrait jamais traiter nos pères d'hommes déconstruits : ils cuisinaient, faisaient le ménage, travaillaient, élevaient leurs enfants plus et mieux, et avaient des idées plus claires que les gamins dysgéniques qu'on voyait sur Tinder.

Je voulais dire par ailleurs que si tout est fascisme (et apparemment c'est le cas), plus rien ne l'est. Et moi ça me rend dingue parce que les fascistes, ce sont ceux qui

* Dernier enfant d'un poète et d'une écrivaine espagnols célèbres, symbole des artistes au service du franquisme, et frère de deux écrivains renommés. Connu surtout pour ses frasques amoureuses et grâce à un film devenu culte réalisé sur sa famille, *El desencanto* (« Le Désenchantement »).

ont conduit mon arrière-grand-père en prison puis en exil, et pas quatre néoconservateurs sur Twitter ou au Congrès, qui « ne seraient pas capables de faire quelque chose d'aussi grand » : ce n'est pas moi qui le dis, c'est Pablo Iglesias. Mon père avait choisi de s'occuper de mon frère pendant deux ans, renonçant à son travail, mais bien entendu il avait formulé le vœu qu'Ana Mari et lui regardent un film de Clint Eastwood sans qu'elle râle, prétendait se doucher deux fois par semaine quoi qu'il arrive, et matait les jolies femmes qui traversaient sur les passages piétons quand on était en voiture en pensant que je ne m'en rendais pas compte. Aujourd'hui, c'est du fascisme et un péché mortel.

Lorsqu'on porte une jupe ou un décolleté depuis un moment déjà, on le porte pour soi ou au nom du patriarcat, l'un ou l'autre, parce que « mort au macho » et « bon sang comme je suis forte et indépendante avec ma jupe ». Avant, on me réduisait à être deux jambes et un bout de tissu (ce dont je me plaignais, à juste titre), et aujourd'hui comme par enchantement c'est un signe d'émancipation, mais personne ne peut le regarder. Nous nous sommes tellement repliés sur nous-mêmes, nous sommes tellement individualisés et avons fait tant d'efforts pour en finir avec les dynamiques de pouvoir (que ça nous plaise ou non, la beauté est toujours associée, et on l'associera toujours au pouvoir) qu'on a fini par croire que nous ne provoquons aucun effet, aucune réaction chez l'autre, et que le contraire serait inacceptable. Même si nous, les femmes, on l'a cru à moitié seulement, comme tous les mensonges qu'on se raconte.

C'est pourquoi on met rarement un décolleté et du rouge à lèvres quand on est seule chez soi, de la même façon que le paon royal ne ferait pas la roue s'il n'avait pas une femelle en vue : il n'est pas con et économise son énergie. Nier qu'un joli décolleté est porté de temps en temps pour être vu, uniquement pour être vu, quand on veut qu'il le soit, en plus d'être ridicule, cela nie une partie de notre pouvoir en tant que femmes. Un pouvoir qui ne se réduit pas au beau et au sexuel, mais dont le beau et le sexuel font partie. Ce n'est pas si grave, et c'est pour ça que toutes les femmes adorent un fasciste : parce que tout homme qui mate notre décolleté en est un, sauf un chanteur de trap dans une vidéo, parce qu'il est en service et a le droit. Et parce qu'au bout du compte, selon la nouvelle norme, nos grands-pères l'étaient et nos pères le sont. Et pas seulement pour s'être dévissé la tête devant les jolies femmes qui traversaient aux passages piétons quand ils pensaient, innocemment, qu'on ne s'en rendait pas compte.

L'AMOUR

LE BÉBÉ PÊCHE

La première fois que j'ai vu mon frère Javi, à l'hôpital, le lendemain de sa naissance, il y a deux choses que je n'ai pas comprises. La première : il ressemblait à une pêche, sa peau était recouverte presque entièrement de poils fins, blonds et doux, jusqu'aux oreilles. Effrayée, j'ai interrogé Ana Mari, qui m'a expliqué, en riant beaucoup, qu'ils allaient très vite tomber, c'était un truc qui arrivait chez les bébés. Mais je me souviens de ses explications comme en voix off, car la première fois que j'ai vu Javi je me rappelle uniquement nous deux, nous étions juste tous les deux : au moment où Ana Mari me l'a mis dans les bras, le monde s'est soudain rétréci et il n'y avait plus que nous, lui, si petit, et moi.

Je sais bien qu'elle était là et je suppose que mon père devait être également dans les parages, c'est lui qui est venu me chercher à Ontígola pour me conduire à l'hôpital 12 de Octubre. Une infirmière était sans doute présente aussi, et tous les trois ont probablement observé, béats, comment une fillette de neuf ans prenait pour la première fois dans ses bras son frère. Mais j'ai occulté leur existence. J'ai occulté leur existence à tous, sauf celle de Javi et moi. À cet instant et dans mes souvenirs.

La deuxième chose que je n'ai pas comprise, le jour où j'ai fait la connaissance de Javi, c'est comment il était possible que je l'aime déjà alors qu'on se voyait pour la première fois. Je n'ai pas posé cette question à Ana Mari. Je n'ai compris que vingt ans plus tard, quasiment, lorsqu'à vingt-huit ans j'ai rencontré Paris et que, pendant des mois, je me suis interdit la possibilité de l'aimer : comment aurais-je pu aimer Paris puisqu'on se connaissait à peine ?

Un jour, je me suis souvenue de la première fois que j'ai vu Javi, de la façon dont le monde s'était soudain resserré, où nous n'étions plus que tous les deux, et ce souvenir a télescopé celui où mon ami Gonzalo, après m'avoir beaucoup répété « Il faut que tu rencontres Paris, vous vous entendrez bien », m'a dit que Paris était en couple, et que sa copine, par-dessus le marché, pratiquait une religion étrange. J'ai éprouvé de la jalousie alors que je n'avais jamais vu la tête de ce fameux Paris ni parlé avec lui. J'ai commencé à comprendre. Ce fut une sensation bizarre, on était à une terrasse, et j'ai dit, simplement : « Ah, il est en couple ? »

Je n'ai pas avoué que j'étais jalouse de la copine d'un inconnu, de la même manière que je n'ai pas dit, à l'hôpital, avec Javi dans les bras, comment pourrais-je aimer ce bébé pêche alors qu'on se voyait pour la première fois ? Il n'était même pas conscient que je l'aimais ni de ce qu'était l'amour. Il ignorait totalement mon existence et la sienne, ignorait que je le regardais et qu'il était regardé.

Des mois après ce jour où mon ami Gonzalo m'a raconté que Paris était en couple et que je suis devenue jalouse sans l'avoir jamais rencontré, Paris et moi avons fait connaissance. Comme l'avait imaginé Gonzalo, nous nous sommes bien entendus. Les prédictions de Gonzalo s'avèrent toujours justes. Je suis restée stupéfaite et perplexe un bon moment : comment cette jalousie avait-elle pu exister alors qu'on ne s'était ni vus, ni touchés, ni entendus ? Comment pouvais-je déjà l'aimer puisqu'on ne se connaissait pas ?

Une après-midi, en rentrant de chez Carrefour, un sac plastique à la main (j'oublie toujours de prendre ceux en tissu), et les clés dans l'autre, j'ai compris, en pensant à Paris, que le jour où j'ai rencontré mon frère, j'avais ressenti de l'amour. Que cette admiration, cette façon d'entrevoir dans l'autre la vérité, ou la perfection du monde, de ne pas comprendre grand-chose et de ne pas réussir à expliquer pourquoi on aime alors qu'« on ne connaît pas », c'était tomber en amour : assumer que l'amour préexiste. Connaître c'est reconnaître.

J'ai passé les premiers jours où Javi était à la maison, comme les premières semaines où j'ai rencontré Paris, à douter de son existence. Je l'avais attendu pendant neuf mois et, avant ces neuf mois, neuf ans, au cours desquels j'avais même eu un frère qui n'était pas né. C'est pourquoi, quand Javi est enfin arrivé, je n'arrêtais pas de vérifier qu'il existait, qu'il était bien là. Non seulement qu'il était présent, mais lié à Ana Mari et à mon père, c'est-à-dire aussi à moi. Que nous étions frère et sœur, que nous étions exactement pareils, simplement avec presque dix ans d'écart. Seul le temps nous séparait, et même pas, en réalité, puisqu'on vivait enfin à la même époque.

Le week-end, j'allais le chercher dans son berceau, qui se trouvait dans la chambre d'Ana Mari et mon père, et je le descendais dans la salle à manger pour l'installer dans le Maxi-Cosi et le regarder dormir. Comment un nez pouvait-il être aussi minuscule ? Ses poils, y compris ceux des oreilles, tombaient en effet. Je lui mettais mon auriculaire dans la main pour qu'il le serre, m'assurant ainsi que Javi existait, que Javi était bien là : serrer un doigt, même si on a des mains toutes petites, cela prouve qu'on a des mains. Alors quand Javi attrapait mon auriculaire et le bougeait d'un côté à l'autre dans son petit poing serré, je soupirais de soulagement.

Quand personne ne me voyait, je caressais son crâne, même si Ana Mari m'avait répété plusieurs fois de ne pas le faire, de ne pas lui toucher le crâne car « ce n'était pas encore solidifié et c'était dangereux ». Je le faisais uniquement pour me prouver à moi-même, et lui prouver à lui, que je pouvais le toucher sans lui faire de mal, que ce mouvement pouvait être délicat, comme tout ce que je pouvais faire pour lui, même quand les choses n'étaient pas solidifiées, dangereuses.

Le jour où Javi est né, j'ai cessé de jouer. Ou plutôt j'ai cessé de jouer comme avant. Lorsqu'un adulte me faisait remarquer la chance que j'avais, c'était « comme avoir un jouet en chair et en os », je pensais pauvre idiot. Ou bien je me fâchais, ça dépendait de l'adulte qui m'avait dit une telle ânerie. Pour moi, sortir le promener, lui raconter une histoire, lui mettre de la Mustela et de la Denenes*, le peigner pendant que mes parents travaillaient, lui donner le biberon ou le regarder des heures durant , ce n'était pas jouer : c'était veiller sur lui. La vérité, c'est que je n'avais jamais joué à la poupée, n'avais jamais eu de poupée, ni de poussette, ni de choses de ce genre, car je n'ai jamais considéré la famille ou les bébés comme un jeu. Alors comment un frère aurait-il pu en être un, comment Javi aurait-il pu être un jouet ?

Lorsqu'il a commencé à parler, ce qui arriva très vite, Javi n'arrivait pas bien à prononcer mon prénom et m'appelait Aniris, tout attaché, avalant le *a*. Il s'appelait parfois lui-même « la mariée Alicia », au lieu de Javi : il avait deux ou trois ans au mariage de notre cousin Hilariete, et ça l'avait beaucoup impressionné de voir une

* Produits de toilette et d'hygiène pour enfants.

mariée, l'épouse de notre cousin Hilariete, qui s'appelait Alicia. Il avait passé toute la soirée à côté d'elle, les yeux levés dans sa direction, écarquillés, touchant sa robe dès qu'elle ne le voyait pas.

Javi disait aussi que quand il serait grand, quand il serait « une fille », et il continuait la phrase en formulant un vœu pour sa vie d'adulte. Alors moi, même si je n'étais pas sûre de croire en Dieu, malgré la communion que je venais de faire, je priais. Je priais pour qu'il arrête de vouloir être une fille quand il serait grand, du moins pour qu'il soit fort lorsqu'il irait à l'école et découvrirait qu'il n'était pas comme les autres garçons. Non seulement parce qu'il voulait être une fille plus tard, mais aussi parce que, lorsqu'il voyait un enfant tuer des fourmis au parc, il allait demander à mon père, le visage grave, s'il pouvait expliquer à cet enfant, qui s'appelait Borja, que son acte était violent. Ou parce qu'une après-midi où nous arrivions chez mon père, tandis qu'il s'apprêtait à mettre la clé dans la serrure, Javi, derrière lui, avait voulu savoir si chaque jour qui passait était un jour en plus ou en moins.

J'avais quinze ans et j'étais sur mon téléphone, un Nokia 3200, qui possédait la fonction inédite de permettre de créer ses propres coques en papier, mais quand j'ai entendu ça je l'ai éteint, attendant la réponse. « Ça dépend », a dit mon père en ouvrant la porte de l'appartement qu'il avait loué juste après le divorce, qui était sombre et creuse, en bois de mauvaise qualité (le genre de porte qui oblige les voisins d'immeuble en briques apparentes à se connaître plus qu'ils aimeraient). Une fois à l'intérieur, mon père nous a proposé du lait et des biscuits. Je suppose qu'il ne savait pas comment argumenter sa réponse à la question si chaque jour qui passait était un jour en plus ou en moins. Je suppose aussi que Javi a compris la signification de « ça dépend », parce qu'il n'a pas insisté. Javi comprenait toujours tout, comprend toujours tout.

Finalement les deux prières que je faisais sans être sûre de croire en Dieu ont été exaucées : Javi était fort quand il est entré à l'école, tellement qu'il ne s'est pas trop rendu compte qu'il était différent des autres garçons ; et, avec le temps, il a renoncé à devenir une fille quand il serait grand. Même s'il continuait de dire parfois qu'il s'appelait « la mariée Alicia » et mettait mes chaussures à talons et mes jupes en mon absence, interrogeant mon père, « À quelle heure revient Aniris ? », quand je sortais avec mes amis, pour savoir quelle marge il avait. Il ne souhaitait plus devenir une fille, ne demandait plus pour les Rois des cuisines pour enfants et des sets de maquillage. Néanmoins, le jour où il s'est perdu à l'hypermarché, il a répondu à la dame qui l'a trouvé et a voulu savoir ce qu'il faisait tout seul et quel était son prénom qu'il s'appelait Martita.

Une année, mon père a décidé de lui acheter une moto électrique, que Javi n'avait bien entendu pas désirée et qu'il n'a jamais appris ne serait-ce qu'à démarrer. Une autre année, il lui a offert une Wii. Javi s'est empressé de créer des avatars et de choisir pour eux des vêtements, des accessoires et du maquillage. Celui de Cynthia se mettait un bleu tapageur sur les yeux, car Cynthia se maquillait beaucoup au lycée. Javi a très vite appris la vérité sur les Rois, avant même d'entrer à l'école primaire : quelques jours après le 6 janvier, il a dit à mon père qu'il avait entendu parler de l'existence d'un lutin, le lutin bleu, qui remplaçait les vieux jouets qu'on mettait sous son lit par de nouveaux. Mon père, qui avait oublié de lui donner deux livres de contes qu'il lui avait achetés pour les Rois avec d'autres cadeaux, a répondu qu'il fallait vérifier. Javi a alors placé sous son lit des jeux de construction avec lesquels il ne jouait plus et mon père a mis les contes à leur place. Lorsque mon frère a constaté l'échange, qu'il a ouvert les paquets et vu les livres, il est devenu très sérieux et a déclaré que le lutin bleu n'existait pas, c'était lui qui l'avait inventé, et il a demandé à mon père si c'était lui aussi qui apportait les cadeaux des Rois. Mon père a été obligé d'avouer : oui, c'étaient lui et Ana Mari. Lui et maman, car Javi ne l'a jamais appelée Ana Mari, mais maman.

Javi et Ana Mari rient beaucoup quand ils sont ensemble car Javi a compris bien avant moi qu'Ana Mari est comme l'univers, elle s'étend. Javi a tout compris bien avant moi, même s'il est venu au monde neuf ans plus tard.

Le jour où il s'est perdu à l'Eroski, mon père est arrivé juste au moment où la dame l'amenait à la caisse centrale pour qu'ils annoncent dans les haut-parleurs qu'une petite fille perdue, prénommée Martita, attendait ses parents à l'accueil. Quand il l'a appelé par son prénom, la dame s'est figée, sans savoir très bien qui croire et lequel des deux était en train de la rouler dans la farine, cet adulte aux yeux très bleus ou l'enfant bouclé qui prétendait s'appeler Martita mais que l'adulte appelait Javier. Quand ils m'ont raconté ça, une fois rentrés à la maison, ils ont beaucoup ri tous les deux.

J'ai souvent raconté l'anecdote de Martita, et souvent celle du lutin bleu et de la fois où mon frère a demandé à mon père si chaque jour qui passait était un jour en plus ou en moins. Et aussi qu'à l'âge de sept ans il a vu avec moi la filmographie complète de Buñuel et qu'il a décroché une bourse au mérite en première année de fac. Ce sera sûrement pareil en deuxième et troisième année, c'est la personne la plus intelligente que je connaisse. Le plus beau, c'est qu'il ne le sait pas lui-même, ne le soupçonne pas. C'est sans doute ça aussi l'amour : parler de quelqu'un autant qu'on peut, et penser, quand on parle de lui, si seulement tout le monde le connaissait et quel dommage que tout le monde ne le connaisse pas.

Je dis aussi toujours que Javi n'a jamais été enfant. Il avait déjà un certain âge à la naissance, c'est la vérité, il est né vieux. Petit, il passait l'après-midi dans l'appartement d'Ontígola, qui avait très peu de meubles et des ampoules nues, sans abat-jour (tous les appartements qu'a eus mon père après la séparation avec Ana Mari ont toujours été comme ça, avec très peu de meubles et des ampoules nues), et quand on lui proposait d'aller au parc il acceptait, mais au bout de cinq minutes il désirait rentrer. Ce que lui offrait le parc ne l'intéressait pas tellement.

Il feuilletait beaucoup un livre sur Velázquez de Fernando Marías qui était plus gros que lui, ou dessinait des scènes mythologiques au stylo, des cartes de pays qui n'existaient pas, inventait des civilisations et leurs différentes étapes, de la naissance au déclin, conscient déjà, enfant, de ce que nombre d'adultes ignorent : l'histoire n'est pas une ligne, mais un cercle. Il a tant regardé ce livre sur Velázquez que la première fois qu'on l'a amené au Prado, à l'âge de cinq ans, il a voulu toucher *Les Ménines.* Il a fini par étudier l'histoire de l'art (comment aurait-il pu en être autrement pour quelqu'un qui tente de toucher *Les Ménines* la première fois qu'il voit le tableau ?), et Marías est devenu son professeur.

Javi a grandi et je me suis mise à penser à deux choses de manière récurrente, comme lorsque je l'ai vu pour la première fois à l'hôpital. La première est une question : que deviennent les frères quand ils grandissent, quand ils ne sont plus des enfants ? La seconde est un souhait : si seulement Javi pouvait être moi un jour pour se voir avec mes yeux. Si seulement il pouvait être moi un jour pour découvrir, pour savoir à quel point je suis fière de lui. Parfois, quand il vient dormir chez moi parce qu'il a des examens à la fac ou juste parce qu'il en a envie, je continue de l'espionner dans son sommeil (même s'il ne tient plus dans le Maxi-Cosi). Et si je continue de le faire, c'est pour m'assurer qu'il existe, qu'il est.

Parfois, il me parle de tyrannicides, de l'*Iliade*, ou bien il rit, au sujet d'Ana Mari ou de mon père, qui lui montrait parfois la une de *As** en disant que « ça le guérira peut-être ». Et je me demande toujours comment on peut admirer ainsi, comment on peut aimer ainsi. Non pas sans connaître quelqu'un, ça fait désormais dix-neuf ans qu'on se connaît, mais de cette façon. Sans mesure ni condition, car il ne peut en être autrement, sentant le monde se réduire quand on est ensemble, comme ce premier jour, à l'hôpital 12 de Octubre. Rétrécir, rapetisser. Et alors il n'y a plus que lui et moi. Lui et moi, qui sommes identiques, avec presque dix ans d'écart.

* Quotidien sportif espagnol.

IL FAUDRA QUE JE T'EXPLIQUE CE QU'EST UN PEUPLE

À mon ami Gonzalo, qui m'a appris pourquoi on a des enfants, juste avant d'avoir le sien, Regio

Il faudra que je t'amène à la colline de la Vierge. Je te dirai que ça c'est La Mancha, et que du sommet, partout où tu regardes, tu peux voir à cent kilomètres à la ronde, véridique. On descendra vers les ex-voto et je t'expliquerai ce que c'est. Tu resteras pensif un moment, songeant aux coutumes des peuples anciens, coutumes toujours en vigueur, parce qu'il y a toujours, il existe toujours des peuples anciens et c'est tant mieux. Je te dirai que nous venons de cette terre orange, il faudra que je t'explique ce qu'est un peuple et te raconte, comme si c'était une théorie irréfutable, que le nôtre est traversé par trois réalités : l'absence totale de reliefs, *Don Quichotte* et le vent.

Alors tu me répondras sûrement, car tu seras un enfant intelligent, qu'il ne s'agit pas de trois réalités mais de deux réalités et d'une fiction. Je te regarderai indignée, voire légèrement hautaine, avant de déclarer qu'un Manchego ne peut pas remettre en cause l'existence de l'Ingénieux Hidalgo. Qu'un Manchego ne peut pas remettre en cause l'existence de l'Ingénieux Hidalgo, sinon (entre autres) toutes ces années de disputes entre villages voisins et de débats de fin de soirée sur l'endroit auquel faisait référence Cervantès en parlant de « ce lieu de La Mancha » auraient été vains.

Je te donnerai mon portable, t'ordonnerai de taper sur Google « Campo de Criptana », de cliquer sur la deuxième entrée, celle de Wikipédia, et de lire « à voix haute, médisant, tu es un médisant ». Tu liras tout haut, en détachant un peu les syllabes car tu seras encore petit, et, quand tu arriveras à la partie qui dit « dans la commune sont conservés de nombreux exemples des fameux moulins contre lesquels s'est battu don Quichotte », je te regarderai de haut (tu seras plus petit que moi, plus pour longtemps) et te lancerai : « Alors, il existe ou pas ? » Et j'ajouterai peut-être, peut-être pas, tu seras probablement trop jeune encore, qu'après tout, ce qu'on croit, surtout quand celui qui croit est un peuple, a plus de réalité que ce qu'on voit : ce qu'on voit est, au bout du compte, toujours changeant.

On remontera à l'ermitage. Cette fois, c'est moi qui chercherai sur Google cet extrait du premier chapitre qui dit : « Se rappelant alors que le valeureux Amadis ne s'était pas contenté de s'appeler Amadis tout court, mais qu'il avait ajouté à son nom celui de sa patrie, pour la rendre fameuse, et s'était appelé Amadis de Gaule, il voulut aussi, en bon chevalier, ajouter au sien le nom de la sienne, et s'appeler don Quichotte de La Mancha, s'imaginant qu'il désignait clairement par là sa race et sa patrie, et qu'il honorait celle-ci en prenant d'elle son surnom. » Et je te déclamerai un monologue qui t'ennuiera sans doute, mais je serai ta mère, sur cet esprit moqueur et tellement porté sur l'autoparodie de notre peuple, des gens de la plaine, raison pour laquelle quasiment personne n'a compris *Don Quichotte*.

Celui qui l'a compris, ce fut le jeune Ramiro Ledesma Ramos* qui, tombé amoureux de son éclat et de son brio grâce à Ortega y Gasset, a voulu « redonquichotter » l'Espagne, même si ses efforts furent inutiles. Je ne te raconterai probablement pas l'histoire de Ledesma Ramos, non parce que tu seras trop petit et que j'aurai peur que tu ne l'entendes pas, tu seras un enfant intelligent, mais parce que je te laisserai la découvrir. À moins que tu poses des questions un jour sur ce livre en fouillant dans la bibliothèque, ce que tu feras, et tu l'apprécieras

* Intellectuel, romancier, philosophe, journaliste espagnol (1905-1936). D'abord avant-gardiste, antiréactionnaire, il opère un revirement radical en 1931 et devient « national-socialiste » et phalangiste. Il est exécuté par des miliciens du Front populaire peu après le coup d'État franquiste.

certainement, l'appréhenderas et sauras pourquoi personne n'a compris *Don Quichotte*, pourquoi on nous a condamnés, nous les Manchegos, à être la caricature de l'Espagne, sans d'ailleurs nous reconnaître comme tels puisque ce titre officiel revient largement aux Andalous.

Ça sentira peut-être l'encens à la porte de l'ermitage et je t'expliquerai que tes grands-parents se sont mariés là. C'est Pepe Luis qui les a mariés, l'oncle curé d'Ana Mari qui lui chantait « Si les curés mangeaient les petits cailloux de la rivière, ils ne seraient pas aussi gros les enfoirés » quand elle était petite. Un autre oncle d'Ana Mari, José Mari, fut missionnaire et est mort au Nicaragua, ça aussi je te l'expliquerai, ainsi que la rumeur courant à Criptana parmi les dames prenant le frais le soir assises devant leurs portes qu'il a été mangé par les indigènes. Je te dirai que ton grand-père ne voulait pas se marier à l'église, mais il n'a pas eu le choix, ton arrière-grand-mère María Solo croyait beaucoup en Dieu, et tu me demanderas à nouveau que je te raconte les ferias car elles auront sans doute totalement disparu quand tu seras là. Il faudra que je t'explique, je ne sais pas comment, cette odeur de poussière, de barbe à papa, et je te raconterai que la première fois qu'on a donné son bain à Ana Mari, qui est née le 12 juillet 1969 et a dormi sur le stand dès le 14, à la feria de Manzanares, ce fut dans une cuvette.

Il faudra aussi que je te montre le cahier de poésies de ton arrière-grand-père Gregorio qui, un jour, entre deux verres de vin, a enregistré son ami Waldo, le récitant du Teatro Chino de Manolita Chen, et transcrit ses poèmes. Ou peut-être pas. Je n'aurai certainement pas besoin de te le montrer, c'est Ana Mari qui le fera, et elle te récitera quelques vers pendant qu'elle te donnera ton bain, s'interrompant pour te chanter « Me quedo contigo », de Los Chunguitos. Lorsque Ana Mari te racontera des histoires de ferias et de ton arrière-grand-père Gregorio et de María Solo, tu auras l'impression, je suppose, de venir d'une lignée mythique, comme issue d'un conte populaire. C'est le cas. Comment expliquer sinon le rire d'Ana Mari, sa manière d'être et de regarder le monde ? Comment expliquer Ana Mari elle-même ?

Comme ça soufflera fort sur la Colline de la Vierge, je dirai « sacré vent » et reprendrai mon explication sur ce qu'est un peuple et la deuxième réalité qui traverse irrémédiablement le nôtre : le vent. Je te raconterai qu'à Criptana il y en a douze, c'est pour ça que les moulins ont douze petites fenêtres, percées de manière irrégulière en fonction de l'orientation de chacun. J'ajouterai qu'ils ont chacun un nom mais que je ne les connais pas, tu devras interroger oncle Pablo.

Je reviendrai sur la soirée où il m'a parlé des vents. « On était ici même, sur la Colline de la Vierge. Il y avait une éclipse de lune, et on était venus dans le C15, Ana Mari, oncle Pablo, cousine María et moi. On avait beau avoir déjà dîné, on avait apporté des gâteaux apéritifs du supermarché, des canettes et des couvertures. Ana Rosa nous a raconté à nouveau la fois où ils ont vu un ovni dans la montagne. Tu apprendras cette histoire plus tard, sinon tu vas fantasmer. » Tu me répondras que non, tu ne vas pas fantasmer, car en plus d'être intelligent tu seras fier ; ce que décrétera sûrement ton grand-père Javi : « Tu es fier, comme ta mère. » Mais tu fantasmeras quand même.

On débarquera à l'atelier de menuiserie d'oncle Pablo, qui continuera d'être plein de fleurs, de sentir la sciure, et où il y aura toujours une tortue ou un couple de poissons orange dans l'aquarium du fond. Tu l'interrogeras sur les vents, et il te les récitera : *mediodía*, *mediodía cruzao*, *solano bajo*, *solano fijo*, *solano alto*, *ábrego hondo*, *ábrego fijo*, *ábrego alto*, *toledano*, *cierzo*, *matacabras** (ce dernier nom te fera rigoler) et *moriscote*. Puis il te fera sentir le genévrier et t'en coupera une branche, ou t'offrira un hochet ou un des timbres anciens qu'il conserve. Nous prendrons congé d'oncle Pablo, et lorsque nous fermerons la porte de l'atelier je t'ordonnerai de me donner la main, la route est tout près. On ira au Mirasol acheter une bouteille d'eau, et je te raconterai que ton arrière-grand-mère María Solo surnommait ce bar le Miramuerto**, car il est en face du cimetière. Je me souviendrai alors de *Volver* et repenserai aux vents. « Le vent les rend fous », dit Penélope Cruz dans

* *Matar*, tuer ; *cabras*, chèvres.

** Regarde la mort.

le film, et tu remarqueras le nombre d'expressions liées au vent et à la folie : *avoir du vent dans la tête, faire la girouette, ne pas savoir d'où vient le vent, avoir la tête dans les nuages...*

Tu t'ennuieras probablement, ou pas. Tu ne t'ennuieras pas si tu ressembles un peu à oncle Javi, mon frère. Puisses-tu ressembler un peu à oncle Javi ! Et puisse oncle Javi ressentir, quand il te prendra dans ses bras pour la première fois, ce que j'ai ressenti avec lui ! Naîtras-tu couvert de petits poils fins et blonds toi aussi ? Seras-tu un bébé pêche ? À ce stade, tu commenceras certainement à en avoir marre, peut-être pas, mais je te raconterai que le vent marque et conditionne les lieux et leurs habitants, car il emporte et apporte, fait et défait sans que quiconque puisse l'en empêcher ; à la différence de la foudre, de la pluie ou du soleil, on peut le toucher mais on ne le voit pas : il vole, comme les sorcières.

On prendra la rue Calvario en direction de la place, et je te raconterai qu'avant on plaçait des bouteilles d'eau dans les coins et devant les portes pour empêcher les chiens de pisser. Tu me demanderas comment ça pouvait marcher, je serai incapable de te répondre. De la même façon, le jour où tu te feras une bosse, je t'expliquerai, pour te distraire et que tu ne pleures pas, qu'avant on mettait dessus une pièce d'un duro pour soulager la douleur. Tu me demanderas ce qu'est un duro et pourquoi ça soignait les bosses : je saurai répondre à la première question, mais pas à la deuxième.

Une fois sur la place, devant l'église, je te raconterai que Carolina, qui jouera avec toi comme j'ai joué avec elle, a passé des années à dire *anglise*. J'ajouterai que les places sont très importantes en Espagne, car en Espagne la rue n'est pas seulement un lieu de passage. Dans les autres pays, les gens sortent de chez eux uniquement pour se rendre quelque part, mais en Espagne la rue est un but en soi. C'est pourquoi personne ne s'étonne lorsque quelqu'un dit « je sors ». Carandell l'a écrit dans *Los españoles* et c'est pour ça que les places sont importantes.

Nous arriverons rue el Cristo pour rendre visite à ton arrière-grand-père Vicente (puisque, comme il ne va jamais mourir, tu connaîtras ton arrière-grand-père Vicente). Quand il te verra, il dira « mais qu'il est beau », et si tu tombes et pleures, « ne sois pas une poule mouillée », et si tu bâilles, « tu as encore plus sommeil qu'un panier de chatons à côté d'un poêle ». Je te révélerai alors la troisième clé de l'identité de notre peuple : l'absence totale de relief.

La Mancha est un tapis d'alfa infini. Tu le découvriras vite car on prendra souvent la voie rapide de los Viñedos, et tu riras sans doute lorsqu'on passera par Puerto Lápice*. Chaque fois, je te rappellerai que Cynthia aussi riait beaucoup à cause de ce nom. Puisse Cynthia avoir des enfants qui grandissent avec toi !

* *Puerto*, col, passage ; *Lápiz* (pluriel, *lápices*), crayon de papier.

Quand tu seras un peu plus grand, je te raconterai qu'un jour où on était en voiture avec elle et tes grands-parents, sur la route entre Criptana et Aranjuez, nous sommes passés devant Le Lapin de la chance, le bar à putes d'Ontígola, et Cynthia a dit que c'était là qu'elle avait acheté ses meubles. Elle avait confondu les néons du bordel avec ceux de Muebles Pozo, qui n'était pas loin. Ana Mari et ton grand-père Javi ont beaucoup ri, évidemment. Moi, je me suis retenue au début, je n'étais pas censée savoir ce qu'était ce bâtiment avec autant de néons qui n'était pas Muebles Pozo, je n'étais qu'une petite fille. Finalement j'ai ri à mon tour.

Mais ce sera pour une autre fois. Le jour où nous irons de la Colline de la Vierge à l'atelier d'oncle Pablo, et de l'atelier d'oncle Pablo à la maison de ton arrière-grand-père Vicente, on aura d'autres sujets de conversation. Comme tu sauras déjà que La Mancha est une lande infinie, il faudra que j'ajoute, pour t'expliquer ce qu'est notre peuple et comment il est conditionné par l'absence totale de relief, que les montagnes ont été et sont toujours considérées (même si on croyait être émancipés de ces superstitions, de ces illusions) comme le lien entre le ciel et la terre. Plus elles sont hautes, imposantes, plus il est simple d'être en communion avec Dieu, d'avoir conscience de sa grandeur, et de la grandeur de sa création ; c'est pourquoi les sommets furent et sont les uniques demeures dignes des dieux, ou les lieux idoines pour prendre conscience

de leur existence. L'Olympe, le Parnasse, le mont Kailash, le Sinaï, le pic d'Adam, l'Uluru. Il faut du courage, et savoir bien regarder pour percevoir la grandeur de Dieu dans une plaine.

La seule hiérophanie possible dans La Mancha se produit quand on lève les yeux. On comprend alors que, si le sol est aussi sobre et austère, c'est parce qu'il est impossible de voler la vedette au ciel. Pour sentir ça, il faut également avoir du courage et savoir regarder, concrètement vers le haut, au-delà de soi-même. Je te le dirai tandis qu'on arrivera chez ton arrière-grand-père, et tu ne m'écouteras sans doute déjà plus (aucune importance, je te le répéterai souvent au cours de ta vie). À ce moment-là, on aura peut-être croisé Tere, la voisine, qui t'aura demandé « Où vas-tu beau garçon ? » et aura dit : « Comme tu as grandi ! » Devant le 61, je te dirai de frapper à la fenêtre de la cuisine, ton arrière-grand-père Vicente sera sûrement en train de piquer un roupillon devant une corrida à la télé, ce qu'il niera, même devant les deux espions russes qui l'auront vu, et tu frapperas à la fenêtre.

Tu lui raconteras où nous sommes allés et que tu as appris ce qu'est un ex-voto. À tous les coups il te dira que ce sont des bêtises et que tu es un cancanier. Je devrai donc t'expliquer que, si les Inuits ont d'innombrables mots pour nommer la neige, on en a tout autant dans La Mancha pour nommer le cancanier, avec différentes nuances :

commère, médisant, pipelet, jacasse. L'explication est la même que pour les Inuits : quand une réalité est très présente chez un peuple, il existe plusieurs façons de la désigner car on peut y discerner d'infinies nuances et variations.

On prendra congé de ton arrière-grand-père Vicente. J'ignore s'il nous dira « Plus tôt vous partez, plus vite vous revenez », en revanche je sais qu'il sortira de la maison et ne rentrera pas avant de nous avoir perdus de vue. Quand tu seras un peu plus grand (puisque, comme il ne va jamais mourir, tu vas grandir et il sera toujours là), tu comprendras que dans son regard, lorsqu'il agite la main pour te dire au revoir, il y a de la sérénité et de la fierté. Et il n'existe rien de plus beau que la fierté que s'autorisent les humbles, car elle émane des choses essentielles.

Lorsque ton arrière-grand-mère était encore là, elle faisait ça également, bien sûr, sortait de la maison pour dire au revoir aux visiteurs et ne rentrait pas avant de les avoir perdus de vue. Il faudra que je te parle de ton arrière-grand-mère Mari Cruz. Quand elle vivait, toute la cour était pleine de géraniums. Ton grand-père Javi aussi te parlera d'elle. J'en suis sûre. Lorsqu'on discutait des raisons pour lesquelles nous, les ouvriers, on ne pouvait pas avoir de patrie, quand j'étais ado, il finissait toujours par me dire, dans un bel exercice d'aberration étymologique, que « sa patrie, c'était sa mère, point barre », et qu'il valait mieux que je me taise car j'étais pénible. Puisses-tu un jour dire ça de moi, que je suis ta patrie, même si je ne serai pas d'accord avec toi !

Grand-père Javi te dira également : « Regarde mon doigt », en le bougeant devant tes yeux de gauche à droite lorsque tu lui demanderas de t'acheter des bonbons. Mais il finira par te les acheter, c'est ça être grand-père. Le soir, sur le canapé, il te caressera sûrement les cheveux jusqu'à ce qu'arrive « le marchand de sable ». C'est ce qu'il te dira lorsque tu commenceras à avoir sommeil : le marchand de sable arrive et il t'en jette sur tes paupières qui deviennent si lourdes qu'elles se ferment.

Tu sentiras probablement, au côté de ton grand-père Javi, que personne au monde ne t'aimera plus que lui, et ce sera vrai : personne au monde ne t'aimera plus que lui. Je n'aurai pas besoin de te le dire, tu le sauras, comme beaucoup d'autres choses, sans qu'il faille te les expliquer. Des choses disparates, comme la nécessité de préserver la richesse du castillan et de prononcer des mots tels que *carpetovetónico*, ou *fetén*, ou *alcoba*, ou *niqui**, dès qu'on en a l'occasion. Ou comme il y a ceux qui peuvent choisir presque tout, ceux à qui on donne la capacité de choisir où vivre et quoi étudier, ou encore de quoi se préoccuper, à quelle idéologie souscrire. Et nous, qui avons moins le choix.

* *Carpetovetónico* (péjoratif), relatif à une personne qui défend l'espagnol en refusant toute influence étrangère ; *fetén* (ancien), authentique, incroyable ; *alcoba*, alcôve ; *niqui*, polo.

Des choses variées, comme : il n'est nul proverbe qui ne contienne une certitude, parce qu'ils proviennent « de l'expérience même, mère de toutes les sciences » (c'est pourquoi il faut les avoir bien plus à l'esprit que les grandes théories écrites depuis un bureau) ; la plupart des événements importent peu ; ce que tu aimes réellement, comme l'a écrit Ezra Pound, ne te sera jamais arraché, car c'est ta véritable essence ; ou encore, il est bon de s'embourber, la boue est une matière pauvre et, par conséquent, pure. C'est Pasolini qui l'a dit. Il faudra que je t'en parle, il faudra que je te parle d'Ezra Pound et de Pasolini, même si, en réalité, ce n'est pas capital : tu pourras apprendre tout ce qu'il y a dans leurs films et dans leurs poèmes en aidant ton grand-père Javi à tailler la vigne sauvage de l'atelier d'oncle Pablo.

Quelle émotion, la première fois qu'il faudra l'appeler grand-père et la première fois que je t'entendrai l'appeler papy ! Cessera-t-il alors d'être papa, cessera-t-il d'être mon père ? Tu aurais pu tout apprendre de ton grand-oncle Hilario, s'il n'était pas mort avant ta naissance. Ça aussi, il faudra que je te le raconte, qui fut ton grand-oncle Hilario et comment il est mort le jour où il a décidé de déboucher ses toilettes avec un mélange d'eau de Javel et d'eau-forte. Comment je suis sûre qu'il aurait dit « putain de merde, tu parles d'un débile », s'il avait su de quelle façon il allait mourir. Sûre aussi que tu aurais adoré ses histoires.

Quelques mois avant qu'Hilario meure et que mon ami Gonzalo m'apprenne qu'il allait être père d'un garçon qui s'appellerait Regio, je me suis opposée à lui sur le point suivant : j'affirmais qu'on mettait les enfants au monde pour les aimer, et il n'était pas d'accord : on les aimait, ça arrivait, bien sûr, mais ce n'était pas pour cette raison qu'on les mettait au monde. Gonzalo avait raison (il y a des gens qui ont toujours raison, quand tu connaîtras Gonzalo ou ton grand-père tu comprendras ce que je veux dire), mais je dois t'avouer que je t'aimais avant de te connaître, et si je t'aimais avant de te connaître c'était parce que je savais que j'allais devoir t'expliquer toutes ces choses.

Je savais que je devrais te dire ce qu'est un peuple et que, pour le nôtre, la rue est une fin en soi et non un moyen. Je savais que je devrais t'amener à l'amandier et te raconter que son ombre t'appartient car c'est ton arrière-grand-père Vicente (qui ne mourra jamais) qui l'a planté ; que tu apprendrais à marcher ou à faire du vélo avec Sergio, Diego et Hugo entre des façades blanc et indigo. Je savais que je devrais te montrer la photo de ton arrière-grand-père Gregorio à une feria (il vient de fermer le stand, il est en compagnie d'un gitan et d'un garde civil, tous trois un gobelet de vin à la main), et t'expliquer que ça, c'était l'Espagne. Et qu'elle tenait dans son portefeuille parce qu'il l'avait toujours sur lui.

Je savais que je devrais te raconter que tu viens de cette lande brune et infinie, tu es ce manteau d'alfa et tu es aussi le petit-fils d'une famille de facteurs, l'arrière-petit-fils de paysans et de forains, l'arrière-arrière-petit-fils d'un carabinier exilé et d'une quincaillière ; tu as eu un oncle curé et un autre missionnaire, qui a également donné sa vie pour ses idéaux. Tu sentiras alors que tu es l'héritier d'une race mythique, comme issue d'un conte populaire. Et c'est la vérité. C'est pourquoi je t'aimais avant de te connaître, et pourquoi je t'ai mis au monde. Pour cela, et non pour t'aimer, même si je t'aime plus que moi-même.

LA MÈRE

QUAND JE SERAI MORTE JE T'APPARAÎTRAI ET ANA MARI NE TE CROIRA PAS CAR ANA MARI EST UNE INCRÉDULE

Ma grand-mère María Solo est partie sans connaître mon frère, qui est né quatre mois après sa mort, et sans savoir qu'Ana Mari n'était pas une incrédule. On leur a diagnostiqué un cancer le même jour, à elle et à son mari, grand-père Gregorio, lui du poumon, elle du col de l'utérus. Ils ont dû arrêter les ferias, les marchés, les fêtes patronales, et s'employer à veiller l'un sur l'autre, avec l'aide de tante Vane et de tante Arantxa, qui étaient trop jeunes pour vivre ça (elles avaient dix-huit et vingt ans). Mais parfois la vie est comme ça, pas drôle. Il est mort le 28 juin 1999. Ce jour-là, aucun Bisutero ne fêtait son anniversaire. Elle est morte le 2 juin 2000. Ce jour-là, je fêtais mes neuf ans.

Ce que j'ai pensé en premier, quand on m'a annoncé que ma grand-mère chérie, María Solo, était morte, après des mois de traitements, d'hospitalisations et de morphine (elle se faisait un petit shoot, disait-elle, lorsqu'elle appuyait sur le bouton de la perfusion), a été : qu'allais-je devenir désormais puisqu'elle était ce que j'aimais le plus au monde et la personne qui m'aimait le plus au monde ? Puis, que je fêterais quand même mon anniversaire, puisque sur ma photo préférée j'étais dans ses bras, le jour de mes trois ans, regardant fixement des bougies, ce qui, bientôt, n'aurait plus beaucoup de sens, car ce jour marquerait dorénavant davantage la date de sa mort que celle de ma naissance. Enfin, j'ai réalisé que le moment était arrivé : elle pouvait m'apparaître n'importe où. Elle ne m'avait pas dit quand, ni où, ni comment elle envisageait de procéder ; elle se contentait de m'annoncer que, quand elle mourrait, elle m'apparaîtrait et qu'Ana Mari ne me croirait pas car Ana Mari était une incrédule.

Je ne sais pas si à cette époque elle l'était, probablement que oui, et ma grand-mère a emporté cette certitude dans sa tombe. Mais il s'est passé ce qui se passe toujours : vers la trentaine, juste quand sa mère, ma grand-mère, est morte, Ana Mari s'est mise à lui ressembler de plus en plus. Dans sa manière de parler et son courage pour tout affronter. Dans le nombre de proverbes qu'elle emploie, ses tics de langage et ses gesticulations avec les mains. Dans le fait de murmurer « hélas, sept ans de malheur » si on brise un miroir, et de voir un signe de poisse quand on renverse du sel (sans préciser pour combien d'années).

Récemment Ana Mari s'est acheté un diptyque avec le Christ d'un côté et la Virgen del Sufragio de l'autre, patronne de Benidorm. Elle l'a placé dans le salon à côté de ses photos avec Nacho, le Faucon, et de celles de mon frère et de moi. Quand j'ai voulu savoir comment elle avait pu se retrouver avec une image de cette Vierge, elle m'a répondu « bah, c'est celle de Benidorm, je l'ai achetée pour le Christ », et j'ai vu en elle grand-mère María Solo. Je me suis demandé si ça comptait comme apparition, et si mes enfants verront un jour en moi Ana Mari. Sans doute, d'une certaine façon, je le pressens. On passe son adolescence et le début de sa vie adulte à s'efforcer de ne pas ressembler à ses parents et, en vieillissant (peut-être d'ailleurs vieillissons-nous pour cette raison), on se rend compte que presque tout ce qu'on a de bien vient d'eux. C'est du moins ce qui s'est passé pour moi avec Ana Mari, et je me suis mise à imaginer l'inverse : et si Ana Mari, si nos parents pensaient « pourvu que mes enfants ne me ressemblent pas sur tel ou tel plan ».

Ma grand-mère pensait probablement qu'Ana Mari était une incrédule parce qu'elle ne m'avait pas fait baptiser, et elle n'était plus de ce monde lorsque j'ai décidé de faire ma communion et que j'ai été baptisée. Également parce qu'elle ne nous accompagnait jamais aux processions, nous y allions ma grand-mère chérie, María Solo, et moi avec Toñi et ses filles, Rebeca, Alma, Noelia, et Coraima quand elle est née. Ma grand-mère m'expliquait les chars, l'histoire de Jésus, avec la même dévotion que lorsqu'elle m'apprenait « *Cuatro esquinitas tiene mi cama* ». Puis mon père me disait que c'étaient des bêtises, mais elle me conseillait, quand je lui rapportais ses propos, de ne pas en tenir compte.

Même si elle ne venait pas aux processions avec nous, Ana Mari m'achetait toujours de nouveaux vêtements pour la Semaine sainte, afin que ma grand-mère puisse m'y emmener et m'offrir des gâteaux apéritifs et des graines de tournesol, qu'on aille place du Calvario ou de Pozo Hondo : c'était là que sainte Véronique essuyait le visage de Jésus le vendredi matin et qu'on lui chantait une *saeta** depuis un balcon, et il fallait y aller très tôt pour avoir une place. On allait à toutes les processions, même à celle du Putilla, un guérisseur local qui mettait en scène une sorte de chemin de croix dans les rues de Criptana, avec sa croix sur les épaules, ses trébuchements et ses dévotes derrière lui, sans que quiconque l'accuse d'hérésie.

Pendant de nombreuses années, j'ai regretté que grand-mère María Solo n'ait connu aucun de ses petits-enfants en dehors de David et moi. Chez elle, sur l'encadrement de la porte du cellier, il y a encore les marques qui signalaient notre taille à différents âges. Tante Vanessa et tante Arantxa ont continué de me mesurer par la suite, après sa mort. La dernière chose qu'elle a dite avant de partir a

* Courte chanson à caractère religieux.

été « toi, Arantxa, veille sur Vanessa ». Ses autres enfants, Ana Mari, oncle José Mari et tante María José avaient déjà quitté la maison et vivaient en couple, mais pas Arantxa et Vanessa. Arantxa l'a écoutée et s'est occupée de Vanessa, et toutes deux se sont occupées à leur tour de nous tous, leurs neveux, comme le faisait María Solo de son vivant, nous gâtant de manière inconditionnelle.

Pendant de nombreuses années j'ai regretté que grand-mère María Solo n'ait connu ni ma cousine Eva, qui est née avec le même visage, la même peau et la même âme lumineuse qu'elle, ni mon frère Javi. J'imaginais parfois leurs conversations, et je me disais que si elle m'avait autant aimée, espiègle comme j'étais, elle aurait éprouvé pour Javi, qui est né saint, qui est né vieux, de la dévotion. J'ai aussi passé des années à regretter que Javi ne l'ait pas connue, car il n'aura jamais su ce qui, chez Ana Mari, vient en réalité de ma grand-mère, de notre grand-mère, n'aura jamais pu l'entendre raconter (je n'ai pas oublié sa voix, alors qu'on oublie parfois celle des morts) les histoires de son enfance à Castuera, « où celle qui n'est pas pute est marchande de touron, et nous, on est marchandes de touron ».

J'ai voulu aller à l'enterrement de grand-mère María Solo. Ce n'était pas pour rien que je venais d'avoir neuf ans, comment aurais-je pu ne pas aller à l'enterrement de grand-mère María Solo ? À l'église, les yeux fixés sur le cercueil, peu attentive à ce que disait Pepe Luis, l'oncle curé d'Ana Mari, qui célébra la messe, j'ai eu la diarrhée, et Noelia, une des filles de Toñi, a été obligée de m'accompagner aux toilettes du bar de la place. Nous sommes restées dehors en attendant que tout le monde sorte. Ils ont mis le cercueil dans le corbillard des pompes funèbres de l'assurance, que ma grand-mère payait religieusement. Elle appelait ça « payer les morts ». Quand il a démarré, deux papillons blancs ont voulu se joindre au cortège, car à Criptana on va de l'église au cimetière à pied, sauf les papillons blancs, qui s'y rendent en volant.

Je ne sais pas non plus si ça compte comme apparition, mais chaque fois que j'en vois un je pense à ma grand-mère chérie, María Solo, et Ana Mari aussi. En revanche, ce qui compte comme apparition ce sont les rêves et ce qui s'est passé un jour dans sa maison, qui est aujourd'hui celle de tante Vane et de tante Arantxa, parce qu'elles y vivent toujours. C'est moins rangé que du temps de ma grand-mère et, une nuit, j'ai rêvé qu'elle ressuscitait ; saint Pierre se rendait compte qu'il avait commis une erreur en l'emmenant au ciel si jeune et nous la rendait. Mon unique joie alors, c'était qu'elle allait connaître ses petits-enfants, Eva, qui avait son visage, Marina et Javi. Mon seul souci : prévenir mes tantes pour qu'elles rangent la maison. Si María Solo la voyait dans cet état en rentrant, elle était capable de retourner frapper à la porte de saint Pierre.

En réalité, je crois que grand-mère María Solo sait que sa maison est moins bien rangée que lorsqu'elle était vivante, car elle était très propre, très maniaque. Elle disait des gens qui ne faisaient pas le ménage qu'ils étaient « un peu maléfiques », et Ana Mari dit ça aussi, des gens qui ne font pas le ménage, qu'ils sont « un peu maléfiques ». Je pense qu'elle sait forcément comment est sa maison aujourd'hui à cause de ce qui s'est passé une fois.

La nuit tombait et on était dans la cour, tante Vanessa, tante Arantxa, mon frère Javi et moi. On avait sorti les albums de famille. On regardait les photos de nos ancêtres forains et celles du voyage de noces de ma grand-mère María Solo avec mon grand-père, un voyage à travers l'Espagne (comme s'ils ne sillonnaient pas déjà assez le pays de feria en feria, mais ils l'aimaient, ce pays, et, pour cette raison, voulaient le connaître davantage encore, ou peut-être était-ce parce qu'ils le connaissaient bien qu'ils l'aimaient). On a commenté le fait qu'elle était belle. Grand-mère María Solo était la plus belle femme du monde, elle avait les pommettes très marquées, des cheveux blonds et un port de reine. On a fini par aller dans sa chambre et sortir de son armoire le long gilet en dentelle qu'elle avait mis sur sa robe le jour de son mariage. Ils ont voulu que je l'essaie et m'ont dit que si je me mariais je devrais le porter, mais le restituer ensuite. Et moi, qui n'avais jamais voulu me marier, j'ai su alors que je serais obligée de le faire, juste pour porter ce gilet en dentelle et ne pas faire de peine à María Solo (comme des années plus tôt, sûrement et sans le savoir, j'avais décidé d'être baptisée et de faire ma communion pour cette même raison). Parce qu'il n'y avait pas, il n'y a pas d'autre vérité qu'elle, que ma grand-mère chérie, María Solo. En tout cas je n'en connais pas.

Je suis retournée dans la cour, avec toutes les photos étalées sur la table, et je me suis rendu compte qu'elle était là, avec Javi et mes tantes. Au début j'ai eu peur et j'ai levé la tête, comme si je préférais la voir sur la terrasse où je montais étendre le linge avec elle, même si elle n'aimait pas trop ça, craignant que je ne tombe. J'ai couru pour aller aux toilettes. Quand je suis revenue à la table, j'ai senti quelque chose dans mon dos et sursauté très fort. Tante Arantxa m'a demandé ce que j'avais. J'ai répondu que c'était un insecte, mais ce n'était pas vrai. La vérité, c'était que j'avais compris que María Solo était là ; j'étais nerveuse, et je le suis restée jusqu'au moment où je me suis souvenue de la seconde partie de la phrase qu'elle m'avait dite avant de partir : « Quand je serai morte, je t'apparaîtrai, et Ana Mari ne te croira pas car Ana Mari est une incrédule, mais tu ne devras pas avoir peur car ce sera moi, je ne te ferai aucun mal. »

María Solo était là et connaissait Javi. Comment aurait-il pu en être autrement puisqu'il avait été en elle avant d'être mis au monde ? C'était d'elle que sortait Ana Mari, dont nous sortions à notre tour Javi et moi. Comment aurait-il pu en être autrement, puisque nous étions en train de parler de ses pommettes, de ses dictons, du fait qu'être femme c'était être grand-mère María Solo, qui tuait des serpents, enfant, à Castuera et était la seule personne au monde à me coiffer sans me tirer les cheveux ? María Solo était là car sa petite-fille Eva avait le même visage, la même peau et la même âme lumineuse qu'elle, c'est un des points que nous avons commentés. Et c'est à cela qu'elle se référait, bien entendu, c'est à cela qu'elle se référait quand elle m'annonçait qu'elle allait m'apparaître, même si elle se trompait en prédisant qu'Ana Mari ne me croirait pas. Parce que, finalement, grand-mère chérie María Solo, Ana Mari n'était pas une incrédule.

POURQUOI PERSONNE N'A MIS SES LUNETTES À MAMIE ?

Ma grand-mère Mari Cruz est morte deux mois après oncle Hilario, le 13 septembre 2019. Sur l'avis de décès que les pompes funèbres ont affiché sur sa porte, ce n'était pas précisé, mais elle est morte de chagrin. Quand j'ai lu la feuille avec son nom, j'ai réalisé que je n'avais jamais vu d'avis de décès à Madrid. J'en ai parlé à mon père. Il m'a répondu que, évidemment, dans les quartiers que je fréquentais il n'y avait pas d'habitants, juste des locataires. À quoi bon publier des avis de décès ? Il n'était nul besoin d'informer une quelconque communauté qu'elle comptait désormais un membre en moins.

S'il y avait des avis de décès à Madrid, ai-je pensé et rétorqué à mon père, s'il y avait encore des avis de décès à Madrid (car je suppose qu'il y en a eu autrefois), on ne les appellerait sans doute plus ainsi, mais « panneaux d'information de disparitions destinés à encourager la bienveillance collective », vu notre acharnement à tout dénaturer à force de tout expliquer. Un jour, j'ai assisté à l'initiative d'une association féministe consistant à sortir prendre le frais après dîner, comme le faisaient ma grand-mère avec tante Ana Rosa, Tere, l'autre Tere (celle dont j'ai parlé plus haut), Manoli, Conchi et Ele, entre mai et septembre. L'association avait appelé ça « tisser des liens cordiaux entre femmes ». Je me suis alors imaginée expliquant à ma grand-mère, tante Ana Rosa, Tere, l'autre Tere, Manoli, Conchi et Ele que ce qu'elles faisaient depuis toujours, comme l'avaient fait leurs mères et leurs grands-mères, c'était « tisser des liens cordiaux entre femmes ». J'ai ri. Comme, par-dessus le marché, José, le mari de Tere, se joignait parfois à elles, ce n'était pas un espace non mixte. Ça aussi il faudrait que je le leur explique, et ce seraient elles qui riraient. Elles et probablement José.

Cette conversation sur les avis de décès et les liens cordiaux, euphémisme contemporain pour sortir prendre le frais, a eu lieu sur le chemin du Giba, bar de la zone où se trouvait le funérarium de Criptana, d'où je me suis échappée un moment avec mon père pendant la veillée funèbre. Lorsque nous avons franchi le seuil, il s'est allumé une cigarette, m'a prise par les épaules et m'a dit que je n'avais plus de grands-mères désormais (au cas où je ne m'en serais pas rendu compte). Je me suis souvenue que le jour de mes vingt-deux ans (au cas également où je ne m'en étais pas rendu compte), me prenant également par les épaules, il m'avait informée que c'était l'âge de ma mère quand elle m'avait eue. Et que le temps passait.

Au Giba, il a demandé un demi pour lui, un Cola Cao pour moi. Nous sommes sortis pour boire nos consommations, mais, avant même que je termine mon Cola Cao, mon père a commencé à me presser pour qu'on retourne au funérarium. Mon père me presse toujours, mon père vit dans l'urgence, marche avec hâte, même s'il ne va nulle part et n'est pas en retard ; une allure de facteur, comme il dit, me condamnant à lui courir toujours après. Ce jour-là, on était moins pressés que jamais, par ailleurs, mes seize cousins et moi n'avions plus de grand-mère, et il n'y avait pas beaucoup d'endroits où aller.

À quelques mètres du Giba, mon père a interrompu son allure de facteur, a stoppé net et m'a dit « regarde », les yeux rivés au sol. Il a alors donné un coup de pied dans une plante, faisant exploser un de ses fruits. Et il continué avec un autre, puis un autre, m'encourageant à l'imiter. Il m'a expliqué qu'on appelait ça des « concombres d'âne ». On en était là quand la pluie s'est mise à tomber et nous nous sommes réfugiés dans un garage de poids lourds, avec la permission du camionneur, mais il a dû fermer avant que ça s'arrête et nous mettre dehors. Nous sommes arrivés trempés au funérarium. Les cheveux collés au visage et les baskets dégoulinantes, j'ai remarqué soudain que l'avis de décès était là aussi et que, dessus, figurait Hilario, mort deux mois plus tôt.

Hilario était le quatrième enfant de grand-mère Mari Cruz qui avait survécu. Deux étaient morts bébés d'une méningite (comme beaucoup de bébés à cette époque), et un autre, oncle Pedro, s'est tué, adulte, dans un accident de moto. Pedro avait été le seul de mes oncles à accéder à l'université. Je l'ai toujours entendu dire ça, « accéder à l'université », comme si c'était la Lune, et il faut avouer que longtemps, pour les gens comme nous, ce fut le cas.

« Le fils de l'ouvrier à l'université ! » a-t-on crié pendant des années dans les manifs. Puis le fils de l'ouvrier a accédé à l'université, et il s'est d'abord senti étranger parce que certains de ses camarades savaient qui étaient Foucault ou Lasswell, de nom, leurs livres figuraient en bonne place dans la bibliothèque de leurs parents qui parlaient d'eux lors de dîners entre amis. Ensuite parce que, pour la majorité d'entre eux, ils n'avaient pas besoin de travailler parallèlement à leurs études et pouvaient se consacrer au militantisme politique et étudiant, ou à la débauche (ce qui est peut-être une seule et même chose). Plus tard, le fils de l'ouvrier s'est aperçu également que certains s'inséraient dans la société et d'autres non, et il s'est mis à penser que, si le fils de l'ouvrier (c'est-à-dire lui) accédait à l'université, c'était bien, indéniablement, mais que ce n'était pas une fin en soi. Du moins pas ainsi que fonctionnait l'université. Pas plus que le fameux laissez-passer pour monter dans ce qu'il convient d'appeler l'ascenseur social, qui a sûrement été inventé par les mêmes créateurs que le progrès.

Comme pour chacun de mes oncles et cousins, il y avait dans le salon de ma grand-mère une photo de Pedro, qui avait étudié pour devenir instituteur et qui, s'il ressemblait un peu à mon père ou à Hilario, aurait été un bon enseignant mais est mort avant d'exercer. Elle nous avait tous là, ses huit enfants avec leurs conjoints respectifs et ses dix-huit petits-enfants, dans des cadres sur les étagères au-dessus de la télé : certains au service militaire, d'autres sur une photo de classe, à un mariage, ou quand ils étaient petits. Elle avait commencé à mettre les portraits des arrière-petits-enfants sous le plateau en verre de la table, il n'y avait plus de place sur les étagères.

Quand ma grand-mère dépoussiérait les photos, ce qu'elle faisait toutes les semaines, et qu'elle arrivait à celle de Pedro, elle la contemplait un moment et son visage devenait triste. Je le sais, ma cousine María me l'a raconté, elle a toujours vécu avec elle et l'aidait parfois à faire le ménage. Ma grand-mère, en revanche, ne m'en a jamais parlé, je ne l'ai d'ailleurs jamais entendue prononcer son prénom. Mon grand-père non plus, et mon père rarement, chaque fois avec la voix tremblante.

Entre le jour où est mort son fils Pedro, en 1990, et celui où est mort son fils Hilario, en 2019, ma grand-mère ne s'est pas rendue au cimetière. Le 31 octobre, lorsqu'il fallait nettoyer la tombe, mes tantes, Ana Rosa et Mari, étaient chargées d'y aller avec le seau et l'éponge. Quand elle y est retournée, deux mois plus tard, ce fut pour y rester.

Le cercueil était trop grand car grand-mère Mari Cruz était toute petite et elle avait encore rapetissé avec l'âge. Chaque fois que je venais au village, quand elle m'ouvrait la porte, je la serrais dans mes bras tandis qu'elle me disait combien j'étais belle et m'embrassait, et je sentais qu'elle devenait de plus en plus petite. Je ne voulais pas trop y penser. Mais parfois je craignais qu'à force de diminuer comme ça elle ne finisse par disparaître, et c'est ce qui s'est passé. Je pensais aussi, quand je venais au village, qu'elle m'ouvrait la porte, que je la serrais dans mes bras tandis qu'elle me disait combien j'étais belle et m'embrassait, à ce qu'avait écrit Léon Bloy : dans la vie *il n'y a qu'une tristesse, c'est de n'être pas des saints.* C'était vrai. Et ma seule tristesse, la seule tristesse de tous ceux que je connaissais c'était, par conséquent, de ne pas être ma grand-mère Mari Cruz.

Le cercueil trop grand, c'est ma cousine Marta qui l'a remarqué au funérarium lorsqu'elle m'a priée de l'accompagner voir notre grand-mère par la fenêtre de la pièce réfrigérée où les morts sont exposés. On se tenait la main comme quand on était petites, quand elle avait huit ans et moi six et qu'elle sentait qu'elle devait veiller sur moi dans sa maison de campagne car je ne comprenais rien à la campagne ni à la vie, d'abord parce que j'allais dans une école de la région de Madrid, ensuite parce que j'avais deux ans de moins qu'elle. On se tenait la main comme quand on était petites, à la différence que j'avais désormais vingt-huit ans et elle trente, et je sentais que c'était moi, à présent, qui devais veiller sur elle car elle n'arrêtait pas de pleurer et ne voulait pas aller seule regarder par la fenêtre. Mais comme elle désirait voir ma grand-mère, notre grand-mère, elle m'a suppliée de venir avec elle.

Dès que nous avons tiré le rideau, Marta a dit : « C'est si triste, le cercueil est deux fois trop grand », et elle a pleuré encore plus. Elle a posé la tête sur mon épaule et lorsqu'elle s'est un peu calmée, elle s'est redressée, a regardé à nouveau et s'est aperçue que notre grand-mère n'avait pas ses lunettes. Elle a dit mais pourquoi personne n'a mis ses lunettes à mamie ? Où qu'elle aille elle ne verra rien. Elle avait oublié que nous étions des athées purs et durs. Mais elle avait l'air si sérieuse que j'ai dû lui répondre de ne pas s'inquiéter, on allait chercher ses lunettes et les lui mettre. C'est ce qu'on a fait. Et je crois qu'on a bien fait.

J'ai écrit également un texte en hommage à ma grand-mère, car il n'y a pas eu de messe pour elle non plus. J'ai sué des heures devant la feuille blanche. Hilario, c'étaient des histoires, des blagues et des chansons, Hilario était extraverti, mais ma grand-mère était introvertie, elle était silence et quiétude, douceur et abnégation ; ma grand-mère était dévouement et discrétion, et c'est très difficile d'écrire cela, très difficile de cerner ces qualités qui enveloppent et incluent tout, bercent tout. On ne peut ni voir ni écrire ce tout. Mon cousin Ernesto, qui fait partie des plus âgés, m'a dit ce jour-là qu'il ne l'avait

jamais entendue crier, pas même quand on lui cassait ses pots de géraniums en jouant au foot dans la cour. Je l'ai mis dans le texte. Mon cousin Diego, qui a onze ans et fait partie des plus petits, m'a raconté qu'elle lui donnait des bonbons et des chocolats, et qu'elle était très gentille. Ça aussi, je l'ai mis. Je me souviendrai toujours d'elle taquinant mon grand-père quand il râlait après tout, puis évoquant l'époque où elle s'était retrouvée avec huit enfants à charge et une ânesse pendant qu'il travaillait en Allemagne, dans les années 1970. Elle l'avait fait sans s'apitoyer sur son sort ni exalter son geste, presque avec pudeur, presque avec honte de s'avouer si forte et si compétente. Mais ça, je ne l'ai pas mis. Je n'ai pas écrit non plus qu'elle était partie comme elle avait vécu, sans faire de bruit. Ni qu'elle était entourée d'amour, celui auquel elle avait consacré sa vie : faisant et élevant des enfants qui ensuite feraient et élèveraient des petits-enfants qui, à leur tour, feraient et élèveraient (bien que de moins en moins) des arrière-petits-enfants.

C'est mon frère qui a lu au cimetière. Comme on n'a pas célébré de messe, nous avons dû à nouveau inventer un rituel, même si je n'ai jamais entendu ma grand-mère blasphémer à l'encontre de Dieu ni de tous les saints autant qu'ils étaient, ni de cette pute de Vierge. Au contraire : lorsque mon grand-père le faisait, elle le réprimandait et s'écriait « mais enfin », ou « quand même, il n'a pas honte », en secouant la tête.

La veille de l'enterrement, quand la nuit est tombée sur la zone où se trouvait le funérarium de Criptana et que les gens sont partis, mon père a décidé de rester pour veiller sa mère. Mes oncles ont tenté de le faire changer d'avis, de le convaincre de rentrer chez lui se reposer, mais il s'est obstiné. J'ai pressenti qu'il lui arrivait la même chose qu'à Marta : il était en train d'oublier que nous étions des athées purs et durs, ne se rappelait plus « quand on meurt, on ne va pas au ciel avec les angelots, on cesse d'exister. On est enterré et mangé par les vers, qui sont mangés par les oiseaux, qui à leur tour sont mangés par d'autres oiseaux comme les vautours. » Nous étions encore trempés à cause de la pluie qui nous était tombée dessus en revenant du Giba et j'ai pensé que cette histoire de vers et de vautours, c'était aussi croire en quelque chose. Lounatcharski et Gorki avaient estimé qu'il était nécessaire d'organiser une nouvelle « construction de Dieu » car le paganisme avait réémergé dans ces endroits où l'Église catholique avait été éliminée par les bolcheviks, m'a dit un jour Paris.

Une fois seuls tous les deux, on a demandé au gardien du funérarium de baisser la clim, il faisait froid. Mon père s'est allongé sur le canapé juste à côté de la pièce réfrigérée où gisait le corps de ma grand-mère. J'ai réalisé que les funérariums avaient des gardiens ; tu parles d'une tannée, être gardien dans un funérarium, personne ne pense jamais à ce genre de métier, personne ne veut penser à la mort. Puis j'ai songé aux raisons pour lesquelles mon père agissait ainsi.

Quand mon grand-père avait émigré en Allemagne, mon père était petit, et comme il était fourré dans les jupons de sa mère, il s'est mis à dormir avec elle (alors qu'il n'était pas le plus jeune de ses huit enfants). Son penchant pour l'épopée était déjà en germe : lorsqu'il dormait avec ma grand-mère, occupant la place que mon grand-père avait laissée dans le lit pour aller gagner sa vie, il rêvait que son père reviendrait sur le dos d'un cheval blanc, ainsi qu'il le racontait à ses camarades d'école. Le jour où mon grand-père est revenu d'Allemagne, où il avait passé cinq ans, non seulement il n'était pas sur le dos d'un cheval blanc, mais il l'expulsa du lit et mon père ne put jamais plus dormir avec sa mère. C'était la dernière nuit qu'il passait à ses côtés.

C'était sa dernière nuit avec sa mère et j'ai compris soudain une évidence, que j'avais ignorée toute la journée : si je n'avais plus de grands-mères, il n'avait plus de mère. On pense à nos pères par rapport à nous, à notre relation avec eux. On les voit rarement comme les maris de nos mères, les fils de nos grands-parents, les frères de nos oncles. Devenir adulte, c'est peut-être aussi se rendre compte qu'ils ne sont pas seulement liés à nous. Qu'ils ne sont pas seulement pères, *nos* pères.

Avant de m'étendre à mon tour je l'ai regardé, allongé sur le canapé, sur le dos, une jambe tendue, l'autre par terre, un bras posé sur ses yeux bleus dont ma grand-mère était si fière : car les Simón qui ont les yeux bleus (c'est-à-dire tante Ana Rosa, mon père, mon cousin Pablo et une de mes plus jeunes cousines, Olivia) sont encore plus Simón que les autres. Je me suis mise en boule et me suis souvenue de grand-mère María Solo qui était le contraire de celle-ci, le contraire de Mari Cruz, si dévote et combative, avec ce talent, cette manie de parler tout le temps. Grand-mère Mari Cruz ne m'apparaîtrait jamais, pour ne pas me poser de problème, ne pas m'effrayer, et parce que mon père, lui, était bien un incrédule. Du moins c'était ce que j'avais pensé jusqu'à ce jour, où sa mère est morte et qu'il a voulu la veiller. Et j'ai compris que c'était pour rêver à nouveau, rêver une dernière fois du cheval blanc.

Dans tous les cas, si elle devait m'apparaître, heureusement que Marta avait remarqué pour les lunettes, et heureusement que ma grand-mère avait passé plus de soixante ans, les soixante ans où elle avait été mariée à mon grand-père, à dire « quand même, il n'a pas honte », chaque fois qu'il blasphémait. Quelque temps après cette nuit, que j'ai passée entièrement à observer du coin de l'œil mon père se retourner sur ce canapé en similicuir, j'ai appris que Koko, la femelle gorille à qui on avait enseigné à communiquer en langue des signes, avait eu un petit chat, et quand ce petit chat est mort, écrasé par une voiture, et qu'on a demandé à Koko ce qui s'était passé, Koko a répondu, en larmes, qu'il était devenu aveugle. Je crois que c'était la peur de ma cousine Marta, le chagrin de ma cousine Marta, lorsqu'elle s'était aperçue que personne n'avait mis ses lunettes à ma grand-mère : qu'elle ne voie plus jamais. Ce n'était pas la perspective qu'elle ne la revoie plus qui lui faisait mal : ça, elle pouvait le tolérer, c'est ça la mort pour ceux qui restent en vie. C'était qu'elle, notre grand-mère, ne puisse plus jamais nous voir. Ni nous, ni les petits-enfants que nous lui donnerions en son absence.

Quelque temps également après cette nuit, la nuit où j'ai compris que mon père avait une mère et qu'elle venait de mourir, j'ai dit à ma cousine María, qui a toujours vécu avec grand-mère Mari Cruz, l'aidait à dépoussiérer les photos, et a hérité, de fait, de son prénom, de sa quiétude et de sa main verte, que j'avais toujours soupçonné ma grand-mère de croire en Dieu à sa façon : un vendredi saint où je portais un jean déchiré, elle m'avait envoyée me changer car c'était le jour où le Seigneur était mort. Mais je ne lui avais jamais posé la question.

María m'a répondu qu'elle, en revanche, la lui avait posée. Et qu'elle avait la réponse. Voulais-je la connaître ?

L'HISTOIRE DU GÉANT

DE L'ÉVÉNEMENT EXTRAORDINAIRE QUI SE PRODUISIT
QUAND LE MOULIN SARDINERO REPRIT LA FORME
D'UN GÉANT CAR LA GUERRE APPROCHAIT ET QUITTA
LA BUTTE OÙ IL AFFRONTA DON QUICHOTTE DANS
LA CAMPAGNE DE CRIPTANA POUR VOIR SI LES RUMEURS
INDIQUANT QU'IL Y EN AVAIT QUATRE AUTRES
DE SA LIGNÉE DANS LA VILLE VOISINE D'ALCÁZAR
DE SAN JUAN ÉTAIENT FONDÉES

Par Ana Iris Simón et Javier Simón

– Miséricorde ! s'écria Sancho. Est-ce que je ne vous avais pas dit, moi, de faire attention, et que c'étaient des moulins à vent ? Il n'y a pas moyen de s'y tromper, à moins d'avoir d'autres moulins qui vous tournent dans la tête ?

– Tais-toi, Sancho ; à la guerre, plus qu'ailleurs, on ne peut jamais savoir comment les choses vont tourner. Pour moi, je pense, et c'est la vérité, que cet enchanteur Frestón qui a emporté mon cabinet et mes livres a transformé ces géants en moulins pour me ravir l'honneur de les avoir vaincus, si grande est la haine qu'il me porte. Mais au bout du compte, mon épée sera plus forte que tous ses maléfices.

Don Quichotte de La Mancha, chapitre VIII*

Je n'avais pas l'intention de lui faire peur, c'est la vérité, je ne voulais faire de mal à personne, encore moins à quelqu'un capable de me reconnaître, qui ne pense pas simplement « quel grand bonhomme ». J'espérais un moindre mal, au pire qu'un enfant à vélo me voie, ou

* Traduction d'Aline Schulman, Éditions du Seuil, 1997.

l'idiot du village, pour ne pas éveiller de soupçons. C'est pour cela que j'ai choisi le deuxième moment le plus sacré de la journée après la sieste : l'heure du déjeuner. Et que j'ai choisi le mois sacré, où tout commence et finit : le mois des vendanges. Je le planifiais depuis des décennies. Un matin, sans rien dire à personne, quand le sort jeté par l'enchanteur Frestón me le permettrait et que Juan le meunier ne serait pas dans les parages, je descendrais de la colline jusqu'à la ville voisine, qui a pour nom Alcázar de San Juan, pour voir si c'était vrai ce qu'on racontait, qu'il y avait là-bas quatre autres moulins comme nous.

Je vous jure que je ne voulais perturber personne. Encore moins le premier adulte qui, après des siècles, me reconnaissait, mais quand je suis passé devant la fontaine del Moco, lentement, discrètement, je l'ai vue, là, assise dans sa cuisine, regardant à la fois la télé et la rue, le voilage entrouvert. Dès qu'elle m'a vu, elle a eu un peu peur, mais aussitôt ses yeux sont redevenus tranquilles et verts. Au mouvement de ses lèvres, je crois qu'elle a murmuré : « Tu vois, finalement, c'était vrai », et elle a tiré le voilage.

J'ai été plus effrayé qu'elle. Depuis don Alonso*, quasiment personne n'a été capable de me voir tel que je suis, ni moi ni aucun des miens, à l'exception d'une poignée de gosses et d'un adolescent carliste un jour, mais

* Don Alonso Quijano est le véritable nom de l'hidalgo don Quichotte.

personne ne l'a pris au sérieux. Peu de monde a pris au sérieux les carlistes, en réalité. Sinon, demandez à Valle-Inclán qui, comme Alonso et la dame au voilage, aurait sûrement su me reconnaître.

J'étais dans ce genre de pensées en descendant la rue el Cristo, encore effrayé (on a beau être un géant, on n'est pas insensible, pas toujours), quand j'ai trébuché. La rue a tremblé, mais pas plus que lors du passage d'un tracteur sur le chemin de la coopérative. Comme en période de vendanges il y en a beaucoup, personne n'a fait attention à moi.

À petits pas, j'ai rejoint la route, la jambe légèrement douloureuse depuis ma chute, non sans une certaine nostalgie d'abandonner, même pour les quelques jours que dureront mon périple et ma forme incarnée, cette butte qui fut si longtemps ma maison. Mais la joie est grande : je vais enfin pouvoir vérifier si la rumeur, à propos des quatre camarades, est vraie. Un autre bruit court parfois, quand souffle le moriscote, sur de nouveaux spécimens de notre lignée. Qui sont plus maigrichons aujourd'hui et installés ici et là. On les appelle « énergies non polluantes ». Mais ce sera pour une prochaine fois.

J'avance discrètement pour ne pas être remarqué, mais je n'ai pas peur. J'ai prévu de revenir très vite sur cette colline d'où j'ai vu des hommes pleurer comme des enfants pour ne pas perdre un empire, et assisté à la résistance de nos hommes, épées en l'air, criant « *vivan las caenas* ! », contre les Français. Je retournerai sur cette butte d'où j'ai vu les céréales de toujours devenir des vignes, troublant la modernité. Mais auparavant je dois trouver les nôtres et leur raconter que personne n'a cru à la vérité : et la vérité, c'est que Frestón nous a transformés en moulins pour, en effet, ravir à don Alonso la gloire de nous avoir vaincus.

Don Quichotte avait raison, évidemment : les choses de la guerre, plus que toutes autres, sont sujettes à de perpétuelles mutations. Pour cette raison, lorsqu'une guerre est pressentie, Frestón nous donne l'occasion de revenir à notre être quelques heures durant. Ce fut sa malédiction pour avoir fléchi devant don Quichotte, pour avoir perdu la bataille : nous transformer en moulins pendant les périodes de paix, nous permettre de reprendre notre forme de géants uniquement quand un conflit approche, et seulement quelques heures durant : les quelques heures pendant lesquelles nous avons affronté don Alonso.

C'est pourquoi il faut que je me dépêche, sinon mes bras vont redevenir des ailes de moulin, et comme je ne suis pas aussi beau que Daphné, cette image ne va plaire à personne. Je marche tranquillement en regardant

* « Vive les chaînes ! » : c'est ce que certains Espagnols auraient crié en 1823 quand fut rétabli le pouvoir absolutiste de Ferdinand VII.

devant moi quand, en bas, tout en bas, un petit homme aux yeux clairs, bleus, me demande si je vais bien. Je suis obligé de me pencher légèrement pour l'entendre et je vois un panneau sur lequel il est écrit « ALCAZÁR DE SAN JUAN – ADIF ». Il me dit que je saigne, que je pisse le sang, et m'invite à m'asseoir sur un banc. Moi, ce que je pense, c'est que je suis enfin arrivé.

Je m'assois tout doucement, ça fait des siècles que je ne l'ai pas fait. Le petit homme est troublé : il regarde tour à tour les éclaboussures de sang et moi. « Celui-là, il a perdu la boule. Comment est-il possible qu'il ne se soit pas rendu compte qu'il perdait autant de sang ? » doit-il penser. « Pour un moulin de ma taille (je réponds intérieurement), difficile de voir ses ailes inférieures depuis ses fenêtres. » Il ne peut pas le savoir. Ou bien a-t-il des soupçons ? Devinerait-il qui ou, plus exactement, *ce que* je suis ? C'est peut-être pour cela qu'il ne cesse de se retourner et m'observe, nerveux, tandis qu'il descend la rue.

Aussitôt se forment des groupes de passants qui s'arrêtent pour observer les flaques de sang que j'ai laissées ici et là, commenter ce qui s'est passé. En résumé, pour jaser. Mon intention de passer le plus inaperçu possible est un échec. S'il y a une chose qui n'a pas changé depuis la dernière fois que j'ai pris forme humaine, c'est le penchant pour les ragots et les cancans des habitants de La Mancha.

Je les regarde avec mépris, puis je souris, avant d'être envahi par une grande inquiétude. Peu d'humains le savent, puisque peu d'entre eux ont accepté notre double nature, dédaignant pour la plupart notre condition de géants et, par conséquent, les caractéristiques qui lui sont associées, mais chez nous, les géants-moulins, notre forme humaine et notre manifestation architecturale sont liées de manière indissoluble. La moindre altération de l'une affecte l'autre. Autrement dit : lorsqu'il y a des dégâts dans l'une des deux formes, ceux-ci doivent être réparés avant la métamorphose suivante, sinon ils sont définitifs.

Quand un moulin se détériore, dans sa forme habituelle et sans la perspective d'être transformé en géant, ses défauts peuvent être soigneusement réparés. Mais si c'est le géant qui est blessé, sauf s'il se soigne avant de redevenir un moulin, l'effondrement sera inévitable, quand bien même le meunier tente de réparer ses rouages internes, de retirer les échardes de ses ailes ou de blanchir ensuite ses murs à la chaux. C'est ce qui arriva au malheureux Carcoma, contre qui l'Ingénieux Hidalgo, sur le dos de Rossinante, chargea avec sa lance. L'enchanteur Frestón, dans sa volonté de nuire à don Alonso, s'empressa alors de nous métamorphoser en moulins, transformant notre chair en pierre et notre peau en chaux. Cependant, il n'alla pas assez vite pour empêcher que la lance érafle la peau du pauvre Carcoma. C'est ainsi que Carcoma, avec sa plaie ouverte sur le torse, une fois devenu moulin, a disparu peu à peu, s'effondrant, pierre par pierre, se fondant dans la terre rouge où il se dressait auparavant. On donna à son cadavre le nom de Molino Hundío*.

Telle est l'inquiétude qui m'envahit, et pas une autre, alors que je suis assis sur ce banc avec toutes ces langues de vipère autour de moi. Je ne veux pas qu'il m'arrive la même chose qu'à Carcoma. Nous aussi, les géants, malgré notre taille et notre invulnérabilité aux vents glacés et au soleil brûlant de la plaine, on a peur de la mort. Et si soudain mon nez s'allongeait, redevenant une poutre en bois massif ? Mon cerveau se transformerait en manège d'un instant à l'autre ? Est-ce mon destin d'être un nouveau Molino Hundío, à côté d'une gare ferroviaire, loin de chez moi et des miens ? Au moins, c'est ma consolation, les incrédules comprendront enfin, malgré eux, que don Quichotte était le seul sain d'esprit.

Je n'ai jamais été un admirateur de don Alonso Quijano. Cependant, l'enchanteur Frestón m'a inlassablement répété ces derniers temps qu'il y avait de moins de moins de don Quichotte. « La Mancha est pleine de Sancho, Sardinero. Le monde est plein de Sancho. Tous croient être les plus raisonnables, les plus

* Littéralement « Moulin Effondré ». Nom donné à l'ancien moulin Carcoma.

sensés, avoir toute leur tête. Ce qu'ils ignorent c'est que, dans leur poursuite du chiffre, du commensurable, du tangible, ils commettent la folie de laisser de côté l'imperceptible, l'invisible et l'intuition. » Je soupçonne, bien qu'il ne me l'ait pas dit, que telle est la bataille pour laquelle Frestón m'a permis de me métamorphoser à nouveau en géant : celle du sens.

À ce moment-là déboule un grand véhicule jaune. D'après ce qu'on me raconte en me faisant monter à l'intérieur (non sans effort compte tenu de ma taille), on va m'emmener chez un apothicaire ou un chirurgien pour soigner ma blessure. Ma plus grande inquiétude se dissipe. Ce n'est pas aujourd'hui que je finirai comme Carcoma, éboulé.

Mon autre préoccupation, néanmoins, est toujours vive et m'empêche de me détendre tandis qu'on m'allonge sur une sorte de table avec des roues, d'où mon corps dépasse à moitié. Je ne pourrai pas parler avec les géants d'Alcázar. Ma mission échouera. Je lève la tête et vois réapparaître le petit homme qui m'a prévenu que j'étais blessé, avec son regard pur. Il est revenu sur ses pas avant qu'on m'installe dans le véhicule pour me conduire chez l'apothicaire.

Son regard est toujours aussi bleu et hésitant. Je devine en lui la maturité de quelqu'un qui commence à découvrir la vérité (la vraie, celle de don Alonso), mais qui redoute encore de s'y aventurer. Ses yeux me rappellent ceux de la vieille dame à la fenêtre, qui étaient verts, presque gris, sa phrase « Tu vois, finalement, c'était vrai », la sérénité et la quiétude de ceux qui ont trouvé, enfin, la vérité (la vraie, celle de don Alonso) et n'en éprouvent aucune crainte.

Les portes du véhicule jaune se referment. Peu importe si quatre autres siècles doivent passer avant que je finisse par rencontrer ces quatre moulins dont on raconte qu'ils sont de ma lignée, dans la ville voisine d'Alcázar de San Juan. L'enchanteur Frestón avait raison, il reste peu de don Quichotte. En réalité, il n'y en a jamais eu beaucoup, et c'est décevant. Mais tant que la flamme de son esprit sera présente, et j'ai vu son crépitement dans leurs regards, nous gagnerons la bataille.

TABLE DES MATIÈRES

L'INTÉRIEUR : MORT

LE FÉMININ

LE SACRÉ ET LE PROFANE

PATRIE, ORIGINE, LIGNÉE

LE MASCULIN

L'AMOUR

LA MÈRE

L'HISTOIRE DU GÉANT

Ouvrage réalisé par Cursives à Paris

Cet ouvrage a été achevé d'imprimer
par Corlet Imprimeur
à Condé-en-Normandie
en août 2023

N° d'impression : 23060658
N° d'édition : 01
Imprimé en France